Karen McCombie wuchs in Aberdeen, Schottland, auf. Sie arbeitete als Redakteurin für verschiedene Jugendzeitschriften, u. a. *Sugar*. Ihren ersten Roman schrieb sie, nachdem sie eine Vielzahl von Kurzgeschichten veröffentlicht hatte. Sie zählt inzwischen nicht nur zu den erfolgreichsten Kinder- und Jugendbuchautorinnnen Großbritanniens, sondern hat auch im Ausland eine stetig wachsende Fangemeinde. Karen McCombie lebt mit ihrer Familie und zwei Katzen in London.

›Stella und das Kopfüber-Mädchen‹ ist der vierte Band der ›Stella‹-Reihe.

Weitere Bücher von Karen McCombie bei Fischer Schatzinsel:

Stella und so weiter (gebunden und Bd. 80592)
Stella und der Junge vom Strand (gebunden und Bd. 80593)
Stella und die Zicke von der Mädchenclique
(gebunden und Bd. 80594)
Stella und die Partyqueen
Stella und das Gothic-Girl
Stella für immer und ewig
Abbys wilde Welt (Bd. 80633)
Abbys geheime Herzenswünsche (Bd. 80622)
Abbys haarsträubende Missgeschicke (Bd. 80624)
Abbys fabelhafter Zickenverein (Bd. 80625)
Abbys himmliches Herzknistern (Bd. 80626)
Abbys peinlichste Auftritte (Bd. 80790)
Abbys filmreife Katastrophen (Bd. 80799)
Das rosa-rote Geheimnis von Laura Limone (Bd. 80750)

Karen McCombie

Stella und das Kopfüber-Mädchen

Aus dem Englischen
von Anne Braun

Fischer Taschenbuch Verlag

Fischer Schatzinsel
www.fischerschatzinsel.de

MIX
Papier aus verantwortungsvollen Quellen
FSC® C083411
FSC
www.fsc.org

Veröffentlicht im Fischer Taschenbuch Verlag,
einem Unternehmen der S. Fischer Verlag GmbH,
Frankfurt am Main, März 2011

Die englische Originalausgabe erschien 2005 unter dem Titel
›Truly, Madly Megan‹ in der Reihe ›Stella etc.‹
bei Scholastic Ltd., London

Satz: Pinkuin Satz und Datentechnik, Berlin
Druck und Bindung: CPI – Clausen & Bosse, Leck
Printed in Germany
ISBN 978-3-596-80595-2

Nach den Regeln der neuen Rechtschreibung

Inhalt

Von: *Stella*
An: Frankie
Betreff:
Anhang:

Hallo Frankie!
Na, wie geht's? Ich bin zY^$*^^**************************** ******)))0000000 0000000000000000000000000000000000000000000000000000-000000@

Von: *Stella*
An: Frankie
Betreff: Hupps!
Anhang: »Stella und das Kopfüber-Mädchen«

Frankie, entschuldige die schräge E-Mail, die gerade bei dir gelandet ist!
Hoffentlich denkst du jetzt nicht, ich sei total durchgeknallt (jede Wette, dass dir spontan der Verdacht kam, die salzige Seeluft hier hätte inzwischen mein Gehirn aufgeweicht!).
Nö, schuld war dieser schrullige Kater – ich hatte gerade mit meiner Mail angefangen und wollte nur schnell den Anhang … hm, anhängen, als Peaches plötzlich auf den Schreibtisch gehüpft und hemmungslos über die Tastatur

marschiert ist, wobei er den Großteil von dem, was ich geschrieben hatte, gelöscht und wahllos irgendwelchen Quatsch geschrieben hat. Doch das Allerverrückteste ist, dass er es zum Schluss auch noch fertiggebracht hat, die unfertige, schräge Mail *abzuschicken*.

Echt, Peaches wird mir irgendwie immer unheimlicher. Neulich nachts habe ich geträumt, dass ich wieder daheim in London lebe und mit dir und unserer Clique zusammen bin. Aber weil eure Stimmen von einem lauten *Brummen* übertönt wurden, konnte ich kein Wort von dem verstehen, was ihr gesagt habt. Beim Aufwachen habe ich dann festgestellt, dass Peaches auf meiner Brust lag – so richtig Nase an Nase, mich angestrengt beobachtet und sich fast die Seele aus dem Leib geschnurrt hat. Glaub mir: Es kam mir echt so vor, als könne er nicht nur meine Gedanken lesen, sondern sich neuerdings auch in meine Träume einschleichen …

Okay, gib's zu: Jetzt denkst du *wirklich*, dass mir die salzige Seeluft das Gehirn aufgeweicht hat, stimmt's?!

Aber ich muss aufhören (bevor ich noch mehr verrückte Sachen schreibe), weil ich Megan versprochen habe, ihr das Foto von ihrem Auftritt bei unserer Blödel-Modenschau einzuscannen und zu schicken, bei der sie ein bodenlanges, hautenges Leoparden-Schlauchkleid und einen rot karierten Teewärmer-Hut trug.

Oh oh … das klingt schon wieder ziemlich verrückt, nicht

wahr? Na ja, lies einfach den Anhang, dann wirst du sehen, dass es *nicht* verrückt ist. Zumindest nicht sehr …
Du fehlst mir ☹, aber du weißt ja: Freundinnen auf ewig ☺!

Stella

P.S. Wer weiß, vielleicht tippt Peaches in einer Geheimsprache. Vielleicht bedeutet sein »^$*^^**********************
**********)))0000
000000000000000000000000000000000000000000000000000
0-000000@« in Wirklichkeit »Gruuuuuuuuß von Peaches«? Okay, vielleicht auch nicht …

1. Kapitel

Strandidylle

Sie konnte nicht lange andauern; die gemütliche Stimmung, meine ich. Nicht wenn ein Hund in der Nähe ist, der im Schlaf furzt.

»Was stinkt hier so?«, fragte Rachel, rümpfte ihr hübsches Näschen und blickte auf der Suche nach einem Haufen fauligem Seetang – oder was auch immer diese scheußliche Duftwolke verbreitete – am Strand entlang.

»Entschuldigt – Katzenfutter«, meinte TJ achselzuckend.

Rachel war sichtlich verwirrt. Kein Wunder, schließlich war sie erst seit ungefähr einer Woche mit TJ und mir befreundet; wie hätte sie uns da schon gut kennen können – beziehungsweise von Hundemann Bobs gelegentlichen Verdauungsproblemen wissen sollen?

»Der Laden in der Nähe von TJs Wohnung verkauft nur Katzenfutter«, setzte ich mit einem Blick auf den zotteligen Schäferhund, der wie ein lebender Flokatiteppich neben uns im Sand lag und zufrieden schnarchte, zu einer Erklärung an. »Und wenn TJs Mum vergessen hat, anständiges Hundefutter vom Supermarkt mitzubringen, muss sich der arme Bob eben mit dem Katzenfutter von nebenan begnügen. Aber leider muss er davon immer … hm, ich meine, davon kriegt er die Problemchen, die man gerade riecht.«

Ich hatte es mir verkniffen, das Wort »furzen« in den Mund zu nehmen – derweil meine beiden erst zweijährigen Zwillingsbrüder in unmittelbarer Lauschweite waren. Ich wollte mir diesen schönen, gemütlichen, sonnigen Morgen am Strand nicht dadurch verderben, dass Jake und Jamie wie zwei durchgeknallte Papageien stundenlang und mit voller Kehle »FURZENFURZENFURZENFURZEN!« durch die Gegend gebrüllt hätten …

»Iiiih«, brummte Rachel und wedelte mit einer Hand vor ihrer Nase herum.

Aus dem Augenwinkel sah ich, dass Ellie – TJs kleine Schwester – plötzlich genau dasselbe machte. Denn obwohl sie mit meinen Brüdern eifrig Sandburgen baute und dabei langweilige Kinderliedchen trällerte, ließ sie Rachel keine Sekunde aus den Augen. Ich war mir sicher, dass hier ein ernsthafter Fall von heimlicher Verehrung im Entstehen war. Aber klar, wenn man erst fünf ist, muss einem die dreizehnjährige Rachel wie das tollste, schönste Teenie-Mädchen auf der Welt vorkommen. Eigentlich verständlich, denn *ich* war schließlich schon dreizehn und mehr oder weniger derselben Meinung …

»Hier, riech mal daran – das wird dich von Bobs Gestank ablenken!«, meinte TJ grinsend und versuchte, Rachel einen seiner im Sand liegenden Turnschuhe unter die Nase zu halten.

(TJ scheint es einen Heidenspaß zu machen, Rachel zu ärgern. Bis vor kurzem gehörte sie noch zu einer fiesen Mädchenclique, die ihm das Leben recht schwer machte; und sie war noch nicht lange genug mit uns befreundet, als dass er ihr das schon verziehen hätte …)

»Pfuibäh!! Himmel, warum müsst ihr Jungs immer so widerlich sein?«, stöhnte Rachel, nachdem sie sich vor dem ausgelatschten Turnschuh in Sicherheit gebracht hatte.

»Das ist angeboren. Ich glaube, sie können nichts dagegen tun, die armen Kerle!«, sagte ich grinsend. Ich kam natürlich auch nicht ungeschoren davon, und der Stinkeschuh landete nun zur Strafe auf meinem Schoß.

»Apropos Jungs: Ihr könnt euch nicht vorstellen, was für ein *Schwein* mein Bruder ist!«, stöhnte Rachel plötzlich, stützte sich auf den Armen nach hinten und beobachtete träge, wie der Turnschuh, den ich geistesgegenwärtig im hohen Bogen über TJs Kopf geworfen hatte, davonschwirrte. Aber wenigstens würden wir jetzt für eine Weile unsere Ruhe haben!

»Wie meinst du das?«, fragte ich.

Inzwischen konnte ich etwas anderes aus dem Augenwinkel sehen … kaum hatte Rachel diese Aussage gemacht, hatten Jamie und Jake einen ihrer berühmt-berüchtigten Blicke ausgetauscht und waren dann in ein haltloses Kichern verfallen. Auweia – das war *immer* ein schlechtes Zeichen.

»Na ja, gestern Abend war ich in seinem Zimmer und …«

»Oink!«

»Oink, oink!«

»Jake … Jamie! Seid bitte ruhig – Rachel will etwas erzählen«, verwarnte ich sie mit strenger Stimme, ehe ich wieder auf Rachel blickte. »Und weiter?«

»Ja, erzähl weiter, Rach«, sagte auch TJ. »Ich platze vor Neugier, wenn ich nicht bald erfahre, warum du Si für ein Schwein hältst.«

»Oink! Oink! Hi hiiii!«, krähte Jake.

»Oi…«

Um Jamie davon abzuhalten, ebenfalls laute Grunzlaute von sich zu geben, hielt ich ihm schnell den Mund zu.

»Entschuldige, Rachel«, murmelte ich. »Hey, Mist! Jamie!«

Blitzartig nahm ich meine besabberte Hand von Jamies grinsendem Kindergesicht und wühlte in meiner Rocktasche nach einem Papiertaschentuch.

»Oink!«, grunzte Jamie, sobald er den Mund wieder frei hatte.

Aber Jake ließ sich natürlich nicht so leicht übertrumpfen.

»Oink! Oink! Oink! Oink! Oink! Oink! Oink …«

Gütiger Himmel!

Es war Montag, der Beginn meiner vierten Woche in meiner neuen Heimat Portbay. Unter dem Vorwand »besserer Lebensqualität« in diesem total verschlafenen Küstenstädtchen hatten meine Eltern beschlossen, unsere Familie von London fortzuschleppen. Okay, ich gebe ja zu, dass es ganz nett ist, an einem Sommermorgen wie heute am Strand in der Sonne zu sitzen, was ich zugegebenermaßen gerade tat. Doch ich behaupte, *meine* Lebensqualität hätte sich nur dann erheblich verbessert, wenn Mum und Dad beim Umzug beschlossen hätten, die Zwillinge in London zu lassen. (War nur ein kleiner Scherz am Rande …)

»… Oink! Oink! Oink! Oink …«

»Stella, soll ich mit ihnen spielen gehen?«, fragte Ellie und sprang auf.

Ich hätte sie küssen können!

Die lebhafte Ellie war manchmal ganz schön anstrengend, und ihr Tick, bei jeder sich bietenden Gelegenheit – sprich: wann immer sie auf einem einigermaßen harten Boden stand – zu steppen und dazu ein Liedchen zu trällern, konnte einem hin und wieder ganz schön auf den Geist gehen. Aber im Grunde genommen war sie ein liebes, aufmerksames Kind. Ich hoffte inständig, dass die Zwillinge auch irgendwann über ihre derzeitige Sabber/Beiß/Brüll/Zerstör-Phase hinauswachsen und ein bisschen mehr wie

Ellie werden würden; doch das würde vermutlich noch ein Weilchen dauern …

»Ja, bitte«, sagte/seufzte ich erleichtert.

TJ, Rachel und ich schwiegen, bis Ellie mit den noch immer fröhlich grunzenden Schlingeln ein Stück am Strand entlanggegangen war. Dort hatten die beiden Racker nichts Besseres zu tun, als die große, künstlerisch wertvolle Sandburg mit Füßen zu treten, die irgendwelche anderen Kinder liebevoll gebaut und hinterlassen hatten.

»Also, erzähl weiter … Warum *genau* soll Si ein Schwein sein?«, hakte TJ nach.

Wie schon erwähnt, himmelte Ellie Rachel an, und ich konnte mich des Verdachts nicht erwehren, dass TJ ihren großen Bruder Simon ganz toll fand. Und genau wie in Ellies Fall konnte ich es verstehen. Si mochte zwar etwas schaurig aussehen mit seinem Lippen-Piercing und den schwarzen Lidstrichen, doch er war auch einschüchternd cool und fast beängstigend gut aussehend (echt, *trotz* Lippenring und Eyeliner!). Und ganz zufällig hatte er diesen Sommer einen Ferienjob in der *Gruft*, TJs absolutem Lieblingsgeschäft. Es war ein düsterer, schmuddeliger CD- und Comic-Laden, der als absolut hip galt und in einer kleinen Nebengasse lag; die Art von Laden, die einem den Eindruck vermittelt, dass man in der dunkelsten, verstaubtesten Ecke eine wirklich seltene Platte oder schlimmstenfalls auch einen Pesterreger aufstöbern könnte.

»Also – gestern Abend musste ich wohl oder übel in seinen Saustall gehen, weil ich dringend den Föhn brauchte«, nahm Rachel ihre Erzählung wieder auf. »Und als ich mich bückte, um ihn vom Fußboden aufzuheben, hab ich diesen ganzen *Mist* unter seinem Bett entdeckt!«

»Mist?«, fragte ich nervös, weil ich mir nicht ganz sicher war, was siebzehnjährige Jungen so alles unter ihrem Bett horten.

»Teller – massenhaft Teller mit alten, vertrockneten, verschimmelten Pizzaresten und ähnlichem Zeug darauf!«, sagte Rachel und verzog angewidert das Gesicht. »*Und* zerknüllte, stinkige Socken!«

»Widerlich«, brummte ich.

TJ kicherte nur. Himmel, hatte er etwa auch uralte Sandwichhälften und einzelne Socken unter seinem Bett liegen?

»Ich kann beim besten Willen nicht begreifen, warum hinter Si so viele Mädchen her sind«, fuhr Rachel fort und verdrehte die Augen. »Er ist so was von schräg und verrückt. Aber sie himmeln ihn an, als wäre er der Größte. Besonders diese verrückte Tilda.«

Autsch … ich hatte plötzlich äußerst gemischte Gefühle in meiner Brust – als Rachel von »schräg« und »verrückt« sprach. Ich weiß, ich habe diese Ausdrücke auch schon verwendet, um andere zu beschreiben, aber sicher nicht mit diesem fiesen, herablassenden Unterton. Am meisten störte es mich wohl, weil Rachel und ihre alte Mädchenclique mir während der ersten Tage in Portbay mit ihren überheblichen Blicken und spitzen Bemerkungen auch das Gefühl gegeben hatten, eine verrückte Außenseiterin zu sein.

Doch andererseits war ich durchaus daran interessiert, mehr über diese Tilda zu erfahren, die ich schon mehrmals mutterseelenallein durch das Städtchen tigern gesehen hatte. Man konnte sie beim besten Willen nicht übersehen, auffällig gekleidet, wie sie war: schwarze Lederjacke, pinkfarbenes Balletträckchen, gestreifte Strumpfhose und Doc-Marten-Stiefel.

»Tilda ist ganz okay«, meinte TJ achselzuckend. »Ich finde sie eigentlich ganz hübsch … auf … hm …«

»Auf verrückte Weise!« Resolut führte Rachel seinen Satz zu Ende. »Stimmt, für meinen Bruder wäre sie schräg genug, aber ich glaube, das hat er noch nicht gemerkt. Dauernd sagt er, sie seien nur gute Freunde, dabei merkt selbst der Dümmste, dass sie ihm wie ein liebeskrankes Hündchen durch die ganze Stadt nachdackelt. Nein, bei ihrem Outfit wäre der Ausdruck ›liebeskranke Fledermaus‹ angebrachter …«

Rääap! Rääap!

Ich mag ja etwas naiv sein, aber eigentlich rechnet am Strand doch kein Mensch damit, aus heiterem Himmel tierisch laute, altmodische Fahrradklingeln zu hören, oder?

Besonders nicht direkt am Ohr. Und aus diesem Grund fuhr uns dreien (und Bob) der Schreck in alle Glieder.

Doch als wir die beiden Clowns sahen, die sich so dicht vor und über uns aufgebaut hatten, mit ihrer roten Knollennase und dem aufgemalten, weißen Grinsemund, waren wir sofort wieder beruhigt.

Das heißt, zumindest TJ und ich.

»Hi, John, hi, Bev!« Erfreut grinste TJ zu ihnen hinauf.

»Hey, im Dienst bitte nur Mystic Marzipans!«, antwortete der weibliche Clown mit einem breiten Grinsen.

Rääääp! Rääääp! Rääääp! Rääääp!, rääääpte John alias Mister Mystic Marzipan.

Rachel schaute mindestens ebenso ratlos drein wie vorhin, als TJ seine Katzenfutterbemerkung losgelassen hatte.

»Ich hab dir doch schon von Mr und Mrs Mystic Marzipan erzählt, Rachel – erinnerst du dich? Sie sind fast unsere Nachbarn«, erklärte ich ihr. »Sie haben das Ferienhaus auf der anderen Seite des Schotterwegs gemietet, hinter unserem Haus. Und sie werden beim Portbay-Festival mit einer Menge … hm, Sachen, auftreten.«

»Wir treten in mehreren Disziplinen auf, das ist richtig!« Bev alias Mrs Mystic Marzipan nickte in Rachels und meine Richtung, wobei die pinkfarbenen Locken ihrer Perücke aufgeregt vor- und zurückschwangen. »Und wer bist *du*, wenn ich fragen darf?«

Rachel schien es gewisse Schwierigkeiten zu machen,

auf die Frage eines Clowns zu antworten (lag es vielleicht an der in regelmäßigen Abständen aufleuchtenden roten Knollennase?), sodass ich ihr die Mühe abnahm.

»Das ist unsere Freundin Rachel!«

»Freut mich, Rachel«, sagte Mrs Mystic Marzipan und streckte eine Hand aus.

Rachel schüttelte sie vorsichtig und als sie ihre Hand zurückzog, entdeckte sie eine Papierblume zwischen ihren Fingern, die wie durch Zauberhand dort gewachsen zu sein schien. Aber es sollte noch *mehr* kommen.

»Wenn du gleich in deine Tasche schaust, mein Mädchen, wirst du dort ein paar Infos über *alle* Veranstaltungen während des Festivals finden.«

»Danke …«, murmelte Rachel, als sie eine von Mrs Mystic Marzipans Broschüren aus der vorderen Tasche ihres pinkfarbenen Vinyl-Rucksacks zog.

»Gut, aber wir sollten weiter – müssen noch massenhaft von diesen Dingern verteilen«, erklärte Mrs Mystic Marzipan, umklammerte ihren dicken Stapel Broschüren und strampelte eifrig ihrem Gatten nach, der bereits laut rääääpend auf ein Grüppchen quieksender, kichernder Kinder am Strand zuradelte, bei denen es sich rein zufällig um meine kleinen Brüder und Ellie handelte.

»Zwei schräge Typen …«, brummte Rachel vor sich hin.

»Zwei tolle Typen!« TJ lachte. »Sie haben mir beigebracht, wie man jongliert!«

Rachel blickte nicht sehr überzeugt drein, so ähnlich, als hätte TJ ihr gerade weismachen wollen, Tomatensoße auf einem Vanilleeis sei eine geniale Kombination. Doch mir stach gerade etwas anderes ins Auge, weshalb ich nicht darüber diskutieren wollte, warum Mr und Mrs Mystic Marzipan mindestens so cool wie Ketchup waren.

»Wahl der Festivalprinzessin!«, las ich laut einen der Programmpunkte aus der Broschüre in Rachels Hand vor.

(Beim Rest der aufgelisteten Highlights ging es um Sachen wie Hüpfburgen, Kunstausstellungen, Kasperletheater, Theaterstücke und einen Festumzug am Samstagmorgen – angeführt von der noch zu wählenden Festivalprinzessin.)

Um keine Missverständnisse aufkommen zu lassen: Es war nicht so, dass mich die Aussicht auf die Wahl einer Festivalprinzessin vom Hocker gerissen hätte. Die Chance, zu selbiger gewählt zu werden, war in meinem Fall ähnlich groß wie jene, dass ein Schneeball in einem Pizzaofen seine Form behielt. Aber schon beim Lesen konnte ich mir vorstellen, was für ein grässliches Gefühl es sein musste, von den Bewohnern der ganzen Stadt angestarrt zu werden, von den Scharen von Urlaubern ganz zu schweigen. Und schon bei dem bloßen Gedanken zuckte jedes *einzelne* der Schüchternheits-Moleküle in meinem Körper zusammen (und glaub mir, ich habe Billionen davon).

Wer um alles in der Welt hatte so viel Selbstvertrauen, um sich freiwillig einer solchen Aufmerksamkeit auszusetzen (und den vielen kritischen, prüfenden Blicken – Hilfe!).

Doch ich hatte diesen Gedanken noch nicht zu Ende gedacht, als ich mich dabei ertappte, dass ich Rachel anstarrte. Und ich sah, dass TJ dasselbe tat. Okay, sie war nun mal das hübscheste Mädchen in Portbay (und das wusste sie). Wer sonst also sollte zur Festivalprinzessin gewählt werden?

»Nie im Leben! Schaut mich bloß nicht so an!« Abwehrend schüttelte Rachel den Kopf. »Es war wirklich schon schlimm genug, neulich in dem voll besetzten Café einen Anfall zu kriegen – ich lege wahrlich keinen Wert auf eine Wiederholung, und dann womöglich noch vor der ganzen Stadt!«

Ich begriff natürlich, warum Rachel nichts davon hören wollte. Der Verdacht, dass sie an Epilepsie erkrankt war, war noch nicht aus der Welt geräumt, und die zwei Schüttel-, Zuck- und Ohnmachtsanfälle, die sie schon gehabt hatte, waren nun wirklich kein Zuckerschlecken gewesen – einmal im Freibad und das andere Mal während eines Karaoke-Auftritts im Strandcafé.

»Wie wär's dann damit?«, sagte TJ und las einen anderen Programmpunkt vor, den er auf der Broschüre entdeckt hatte. *»Großer Talentwettbewerb – Führe uns vor, was du kannst, und gewinne einen phantastischen Preis! Erste Vorentscheidung: Dienstag um zehn Uhr morgens auf der Strandtribüne …«*

»Strandtribüne?«, wiederholte Rachel naserümpfend. »Ist es das, was da drüben gerade aufgebaut wird?«

Ehe Bobs Verdauungsprobleme unsere ganze Aufmerksamkeit auf sich zogen, hatten wir eine Gruppe von Arbeitern beobachtet, die vorne im Sand eine Art breiter, hölzerner Plattform aufbauten. Natürlich hatten wir uns bis jetzt nicht übermäßig für die Männer interessiert, weil ihre Bauarbeiten nicht halb so spannend zu beobachten waren wie das langsame Aufblasen einer Hüpfburg oben auf dem Busparkplatz.

»Vermutlich«, entgegnete ich achselzuckend. »Hey, Rachel – du könntest doch wieder mit deinem Kylie-Song auftreten!«

Gestern Nachmittag im Café hatte Rachel es geschafft, jeden Gedanken an einen eventuellen neuen Anfall aus ihrem Kopf zu verbannen, und sie hatte den Song »Can't Get You Out Of My Head« fehlerlos von vorne bis hinten vorgesungen. Das führte zu einem begeisterten Applaus (und nicht schon wieder zu einer Fahrt mit dem Krankenwagen, wie bei ihrem ersten Vorsingen).

»Ich weiß nicht, ob ich das Risiko eingehen soll … und außerdem *kann* ich gar nicht«, murmelte Rachel und starrte gedankenverloren auf die Broschüre, während sie sich die Papierblume, die Mrs Mystic Marzipan ihr verehrt hatte, in ihre langen, dunklen Haare steckte. »Mum hat mir für morgen früh einen Arzttermin aufs Auge gedrückt.«

Auweia – das würde nicht sehr lustig werden. Besonders weil es bedeutete, dass Rachel dem Doktor ihr kleines Geheimnis verraten musste; ihr kleines Geheimnis bezüglich …

»Oh, oh … *whoahhhh!*«, hörte ich TJ sagen, genau eine halbe Sekunde bevor ich unsanft umgestoßen wurde – und mit dem Gesicht voraus im Sand landete.

»Hupps! Gott, tut mir echt leid!«, sagte eine Stimme.

Während ich mir noch die Sandkörner aus den Wimpern blinzelte, hob ich den Kopf gerade so hoch, um ein schlaksiges Mädchen mit dunkelblonden Haaren zu sehen, das verlegen auf mich herunterlächelte.

Und dann passierte etwas höchst Merkwürdiges – sie war plötzlich verkehrt herum.

Und dann wieder richtig herum.

Und wieder verkehrt.

Und wieder richtig herum.

Und sie wurde währenddessen immer kleiner und kleiner …

Wieso kam ich mir plötzlich vor wie in *Alice im Wunderland*? Hatte ich mir gerade eine Gehirnerschütterung zugezogen?

»Hey, gratuliere, Stella!«, sagte TJ, als er mir wieder in eine sitzende Position verhalf. »Du bist offiziell der erste Mensch, den ich kenne, der von einem unfallflüchtigen lebenden Rad auf zwei Beinen umgeworfen wurde!«

Unfallflüchtiges lebendes Rad auf zwei Beinen?!, dachte ich benommen, während ich dem Mädchen nachblickte, das sich wie ein kleiner Wirbelwind immer weiter von uns entfernte.

»Vielleicht sollte sie es mal mit Gehen probieren, wie normale Menschen«, schnaubte Rachel, die ihr ebenfalls nachstarrte.

»Oder ein Schild mit der Aufschrift ›Übe noch‹ tragen?«, lachte TJ und wischte mir den Sand so ungestüm aus den Haaren, dass mir noch schwindliger wurde.

Hilfe, ich glaube, ich wäre glatt auf meinen Allerwertesten geplumpst, wenn ich nicht schon längst gesessen hätte …

2. Kapitel

Katzen brauchen furchtbar viel Musik!

Wie seltsam, dass meine Brüder immer unerträglich hellwach sind, wenn es *mir* lieber wäre, sie lägen im Koma, und andererseits so gut wie im Koma liegen, wenn ich finde, dass es ganz lustig wäre, wenn sie wach wären.

»Hey, Jake! Jamie! Ihr verpasst die Luftballontiere!«, rief ich zu den beiden friedlich schlafenden Buggy-Insassen hinunter.

Nichts …

Und sie verpassten nicht nur die Luftballontiere (die von niemand Geringerem als Mr und Mrs Mystic Marzipan geformt und zurechtgebogen wurden), sondern auch all die anderen Attraktionen, die anlässlich des Festivals entlang der Strandpromenade geboten waren.

»Hier, Stella«, sagte Mum, die mit zwei Eistüten neben dem geparkten Buggy auftauchte. »Ich habe Pistazien und Vanille genommen und Erdbeer und Vanille. Welches willst du haben?«

Mein Gehirn spielt mir manchmal die verrücktesten Streiche … ein winziges Detail lässt mich zum Beispiel an etwas denken, das in absolut keinem nachvollziehbaren Zusammenhang besteht. Wie zum Beispiel frisch gemähtes Gras; da muss ich immer an meine alte Freundin Parminder denken, weil die Arme einmal, als ich mit ihr und Frankie und den anderen in Hampstead Heath eine Grasschlacht machte, außer Gras plötzlich einen *Wurm* in ihrem Ausschnitt hatte. Oder Ribena, der Johannisbeersaft im praktischen Tetrapack; bei dem muss ich immer an meine Tante Van (Kurzform für Vanessa) denken; nicht weil sie das Zeug jemals trinken würde, sondern weil sie in einem todschicken, schneeweißen Apartment wohnt und meine früheste Erinnerung an einen Besuch bei ihr darin besteht, dass ich mein Ribena zu fest drückte und ein Schwall der verhängnisvollen, dunkelroten Flüssigkeit auf ihrem hellbeigen Teppich landete …

»Ich nehme das mit Erdbeer, danke«, beantwortete ich Mums Frage, während ich noch darüber nachgrübelte, wieso Pistazie, Erdbeere und Vanille in einer Eistüte mich an die Bonbonlady denken ließen, die alte Dame, auf die ich in und um Portbay herum immer wieder stieß. Man konnte sie wahrlich nicht übersehen mit ihrem froschgrünen Regenmantel, dem lustigen pinkfarbenen Hütchen und der hin- und herschwingenden winzigen, glänzenden Handtasche, die stets mit Bonbons voll gestopft war. (Dieser Tatsache verdankt sie den Spitznamen, den ich ihr gegeben hatte. Ihren *richtigen* Namen wusste ich bis heute nicht, aber sie meinen andererseits auch nicht.)

»Na, die Jungs scheinen ja wirklich total geschafft zu sein, hm?«

»Ja, restlos!« Ich nickte.

Dabei warf ich einen Blick auf die Köpfe meiner kleinen Brüder: Einer war mit stachelig abstehenden blonden Haaren versehen, der andere mit einem rötlichen Lockenkopf (dass unsere Zwillinge zweieiig waren, war wirklich nicht zu übersehen).

»Und was hältst du von *dem*?«, fragte Mum mit einer Kopfbewegung zu einem jungen Mann, der ganz in Schwarz gekleidet war und ein komplett weiß angemaltes Gesicht hatte. Zwei Glaskugeln rutschten und glitten an seinen Armen auf und ab und über seine Schultern, wie große, runde Kleckser geschmolzenen Metalls. Mit einem sachten Armschnipser hier und einem fast unauffälligen Schulterzucken da, schaffte er es, bei dem Betrachter den Eindruck zu erwecken, als sei es ein Kinderspiel, die Kugeln auf seinem Körper hin- und herflitzen zu lassen.

»Ziemlich beeindruckend«, sagte ich mit einem anerkennenden Nicken und fragte mich, wie um alles in der Welt jemand merkt, dass er die Begabung hat, so kleine Kugeln nur mit Armen und Schultern in Bewegung zu halten. Ha, erzähl das mal deinem Berufsberater, wenn er in die Schule kommt! (»Aha, du möchtest also Glaskugelschulterjongleur werden? Ähm, willst du es nicht doch lieber in der Computerbranche versuchen?«)

»Bei dem menschlichen Standbild bin ich mir allerdings nicht ganz sicher«, raunte Mum mir zu.

»O ja! Geht es dabei nicht eher darum, so still und reglos dazustehen wie eine Statue?«, flüsterte ich zurück, nachdem ich den Knaben im Anzug und mit einem Zylinder auf dem Kopf, der von Kopf bis Fuß mit Silber besprüht war, durch die Gläser meiner Sonnenbrille betrachtet hatte.

Er wirkte ziemlich zappelig und blinzelte ständig. Ehrlich gesagt blinzelte er nach oben – in die Sonne, wie ich anfangs dachte. Doch dann entdeckte ich eine Seemöwe, die *direkt* über dem Kopf des armen Kerls einen gemächlichen Achter drehte.

»Kraaaah!«, krächzte der Vogel mir zu, sobald wir einen Moment Augenkontakt hatten.

Ah, es war das dreiste Tier, das TJ so aufdringlich verfolgt und sich immer wieder im Sturzflug auf ihn gestürzt hatte, bis er es neulich gefüttert hatte und sie Freunde geworden waren. Sah ganz so aus, als hätte die Möwe sich nun ein neues Opfer ausgesucht. Oder vielleicht konnte sie auch nur das eingepackte Mittagessen des menschlichen Standbilds riechen.

»Oje, hoffentlich wachen Jake und Jamie bald wieder auf, sonst verpassen sie Ellies Auftritt beim Talentwettbewerb«, sagte Mum mit einem besorgten Blick auf die beiden friedlich schlummernden, ungleichen Bündel im Buggy.

Ach ja – Ellies »Auftritt«! TJ hatte mir gesagt, dass sie ihn damit in den Wahnsinn trieb. In den letzten vierundzwanzig Stunden – seit sie gehört hatte, was in dem Prospekt stand, den die Mystic Marzipans so freigebig verteilt hatten – war Ellie in eine Stepp-Manie verfallen. Ständig sang sie alle Lieder ihres fünfjährigen Repertoires durch (angefangen von »Funkle, funkle, kleiner Stern« bis zu Britney Spears' »Ooops! I Did It Again« und angeblich sogar das Lied zu einem Werbespot für einen Vitaminsaft).

»Schade, dass deine neue Freundin Rachel nicht auftritt«, fuhr Mum fort. »Nachdem du mir so von ihrer fabelhaften Stimme vorgeschwärmt hast, hätte ich sie zu gern auch mal gehört.«

»Tja, ich glaube, sie würde lieber hier sein und teilnehmen, statt im Moment beim Arzt zu sitzen und ihm beichten zu müssen, dass sie gelogen hat«, sagte ich.

Ach ja, die Sache mit Rachels epileptischen Anfällen … der Facharzt im Krankenhaus hatte versucht zu ergründen, wieso sie so plötzlich bei Rachel auftraten. Eine mögliche Ursache könnte das Einsetzen der Regelblutung sein (bei einer verschwindend geringen Anzahl von Mädchen kann dies der »Auslöser« sein, wie der Arzt gemeint hatte). Doch an dieser Stelle hatte sich Rachels Mum sofort eingeschaltet und gesagt, Rachel hätte ihre Periode schon seit gut einem Jahr.

Außer dass es – hupps! – gar nicht stimmte! Rachels

schreckliche Exfreundinnen Kayleigh, Hazel und Brooke hatten der armen Rachel eingeredet, dass es total »unnormal« sei, mit dreizehn noch keine Regel zu haben, und daraufhin hatte Rachel in ihrer Panik behauptet, sie hätte sie schon längst.

Und zack! saß sie auf einmal mit dieser dicken, fetten Lüge am Hals im Krankenhaus und wusste nicht, wie sie sich da wieder herausreden konnte …

»Wie hat ihre Mutter reagiert, als Rachel es ihr am Sonntag gebeichtet hat?«, wollte Mum nun wissen.

Der letzte Sonntag: der Tag, an dem Rachel *tatsächlich* ihre erste Regelblutung bekam! Und da wurde ihr klar, dass sie nun endlich reinen Tisch machen musste – allen gegenüber. (»Nun ja, *alle* sind es nun wirklich nicht, oder?«, versuchte ich sie zu trösten, als wir vor dem Laden ihrer Mutter standen und sie sich innerlich dafür wappnete, hineinzugehen und das große Geständnis abzulegen. »Es handelt sich doch nur um deine Mutter und den Arzt!«

»Genau, es ist ja nicht so, dass es morgen in allen Schlagzeilen steht!«, hatte sich TJ erdreistet zu sagen, obwohl ich ihm aufgetragen hatte, sich in diskretem Abstand und außer Hörweite zu halten, während wir Mädchen dieses doch irgendwie heikle Thema besprechen wollten.)

»Rachel hat gesagt, ihre Mutter hätte es recht cool aufgenommen«, antwortete ich achselzuckend. »Als Erstes wollte sie wissen, was Rachel mit all den vielen Binden gemacht hat, die sie ihr Monat für Monat kaufte.«

»Richtig – was hat sie denn damit gemacht?«, fragte Mum und zog irritiert die Augenbrauen hoch.

Keine Ahnung, was genau Mum befürchtete. Dass Rachel aus den ungebrauchten Binden eine Modern-Art-Skulptur gebastelt hat – vielleicht einen riesigen *Schuh* oder Ähnliches …?

»Na, sie hat die ganzen ungeöffneten Packungen ganz hinten in ihrem Schrank versteckt«, klärte ich Mum auf, damit sie sich nicht unnötig den Kopf zerbrach.

»Meine Damen und Herren! Jungen und Mädchen! Seid ihr bereit für den heutigen Talentwettbewerb der Superlative?«, dröhnte da plötzlich eine Stimme aus der nahen Lautsprecheranlage, was jede weitere Diskussion zwischen Mum und mir über dieses Thema im Keim erstickte.

(Die arme Rachel – sie würde vor Scham im Boden versinken, wenn sie wüsste, dass Mum und ich uns so ungeniert über ihr »Problem« unterhalten …)

»Oh, oh – es fängt schon an!«, schrie ich Mum zu, um den Chor von begeisterten »Jaaaa!«-Rufen der Menschenscharen unten vor der Strandtribüne zu übertönen.

»Ich muss es mir von hier oben aus ansehen – solange die Jungs schlafen, können wir den Buggy nicht durch den Sand schleifen. Da, schau – TJ winkt dich zu sich. Geh schon, er hat dir einen Platz freigehalten.«

Mit einem kurzen Winken hüpfte ich die paar Stufen zum Strand hinunter und machte mich an die schwierige Aufgabe, mich durch das Labyrinth von Zuschauerbeinen zu schlängeln, bis ich schließlich bei TJ und Bob ankam.

Sehr zum Verdruss der anderen, die eng gepackt wie Sardinen um ihn herumsaßen, hatte TJ seinem Riesenhündchen aufgetragen, sich schön genüsslich auszubreiten – wobei er einem Flokati zum Verwechseln ähnlich sah –, sodass massenhaft Platz für mich war, nachdem Bob seinen pelzigen Leib in Sitzposition gebracht hatte.

»Willst du mal?«, fragte ich und hielt TJ meine Eiswaffel unter die Nase.

»Danke«, sagte TJ und nahm sie mir hastig aus den Händen, ehe Bob noch mehr getan hätte, als nur daran zu schnuppern.

»Wo ist Ellie?«

»Da drüben, neben der Bühne, und wartet auf ihren großen Auftritt. Mum ist bei ihr.«

»Wie fühlt sie sich?«, fragte ich, während ich mir fast den Hals verbog, um in der Schlange der »talentierten« Teilnehmer neben der Bühne einen Blick auf Ellie – und Mrs O'Connell – zu werfen, allerdings vergeblich.

»Mum? Oh, ganz okay, glaube ich – sie ist nur etwas nervös.« TJ grinste schelmisch, weil er mich absichtlich missverstanden hatte.

»*Ellie*. Ich meinte natürlich *Ellie*.«

»Oh, die bekam vor lauter Aufregung kaum noch Luft, als sie ihren Song heute Morgen noch einmal probte. Bei der zweitletzten Zeile musste sie aufhören und wie verrückt nach Luft schnappen! Bob hat fast die Panik gekriegt; ich glaube, er dachte, wir hätten plötzlich noch einen zweiten Hund im H–«

TJ verstummte abrupt, als ein Mann – der mir irgendwie vage bekannt vorkam – die improvisierte Bühne betrat und mit Donnerstimme um Ruhe bat.

Und während der ersten fünf Auftritte waren TJ und ich tatsächlich weitgehend ruhig … mal abgesehen von den unterdrückten Kicheranfällen, den geflüsterten Kommentaren und dann natürlich dem begeisterten Applaus, mit dem wir die Möchtegern-Künstler bedachten.

»Das Mädchen, das mit dem linken Nasenloch Flöte gespielt hat, war bis jetzt mit Sicherheit die Krönung«, flüsterte ich TJ ins Ohr.

»Inwiefern? Ganz oben auf der Skala oder ganz unten?«, erkundigte sich TJ grinsend.

»Hm … in jeder Hinsicht. Sie sind alle ziemlich schlimm, oder?«, sagte ich kichernd.

O ja, hier lag eindeutig ein Fall von ›so weit, so schlecht‹ vor, aber seinen Spaß hatte man als Zuschauer allemal. Aufgetreten waren, außer dem Nasenlochflöten-Mädchen, auch drei blasse Knaben um die zwanzig, die sich mit einem Rap versuchten (und kläglich scheiterten!), eine rundliche Frau, die mit den Ohren wackeln konnte (das mussten wir einfach glauben, da wir es von unseren Plätzen aus nicht überprüfen konnten), ein kleiner Junge, der Witze erzählte, die streng genommen gar keine waren (das heißt sie waren *nicht* lustig), und ein älterer Mann, der sich tapfer durch das Lied »Danny Boy« jodelte. Als er auf der Bühne stand, sah ich, wie Mum sich oben auf der Strandpromenade ein Taschentuch ins Gesicht drückte – bekam sie gerade einen Schnupfen oder musste sie ebenfalls ein Kichern unterdrücken?

Ich glaube, jeder in der ständig größer werdenden Zuschauermenge war derselben Meinung wie TJ und ich: nämlich dass dieser Unsinn herrlich witzig war und jeder einzelne der »Künstler« ermutigenden Applaus verdient hatte.

Das galt besonders für die nächste »Künstlerin« …

»Hey! Was hat sie denn da an?!«, fragte ich TJ, nachdem wir Ellie mit lautem Klatschen und anfeuernden Pfiffen auf der Bühne begrüßt hatten.

»Alles. Sie konnte sich nicht entscheiden«, brummte TJ.

Wenn man an den Füßen anfing und dann mit den Augen langsam nach oben wanderte, begann Ellies Outfit eigentlich ganz ordentlich, wurde dann aber immer absonderlicher. Ich meine, die Stepptanzschuhe und die Spitzensöckchen waren ganz okay, aber kombiniert mit einem

Feenkostüm (mitsamt Flügelchen), einem Streifenshirt, einer Federboa und einem Filzkäppchen, das mit zwei riesigen Antennen versehen war, bot sie alles in allem einen Anblick, bei dem einem schon leicht *schwindelig* werden konnte.

»Hallo, junge Dame!«, begrüßte sie der Mann mit dem Mikrophon. »Darf ich fragen, wie du heißt?«

»Aber das weißt du doch, Mr Harper!«

Der Mann am Mikro, Mr Harper oder wie auch immer … ah, jetzt dämmerte mir, wer er war! Er arbeitete in der Stadtbücherei von Portbay, und in seiner Freizeit brachte er Kindern wie Ellie das Stepptanzen bei. Als ich ihn das letzte Mal gesehen hatte, stellte er in der Bücherei gerade Bücher ins Regal zurück, während er eine Melodie vor sich hin summte und mit Stepptanzschritten über den glänzenden Linoleumboden tänzelte. (Falls es jemandem bisher noch nicht aufgefallen sein sollte – in Portbay wimmelt es nur so von Leuten, die allesamt einen mehr oder weniger großen Tick haben. Okay, von Verrückten. Aber *netten* Verrückten.)

»Ja, ich weiß, dass *ich* deinen Namen kenne«, erklärte Mr Harper Ellie nachsichtig. »Aber die vielen Damen, Herren und Jungen und Mädchen hier möchten ihn doch auch wissen.«

»Ach so. Also, ich bin Electra Z O'Connell«, antwortete Ellie sehr förmlich (obwohl es relativ schwer ist, förmlich zu wirken, wenn man den kompletten Inhalt eines Kleiderschranks am Leib hat).

»Schön, Electra«, fuhr Mr Harper fröhlich fort, »und was wirst du uns heute vorführen?«

»Ich singe und tanze dazu.«

»Okay … Aufgepasst, meine verehrten Damen und Herren, liebe Jungen und Mädchen! Dann sind wir mal sehr gespannt, was Electra uns gleich vorsingen und vortanzen wird!«

Nach einer aufmunternden, ausladenden Handbewegung von Mr Harper strahlte Ellie wie ein Honigkuchenpferd und begann mit ihrer einstudierten Nummer. Schlecht war TJs kleine Schwester nicht, nur fürchterlich nervös. Soweit ich mich erinnere, dürfte »Katzen brauchen furchtbar viel Musik!« aus dem Disneyfilm *Aristocats* ungefähr zwei oder drei Minuten dauern, doch Ellie schaffte es, den Song in einem Affenzahn und in maximal zwanzig Sekunden herunterzurattern. Um mit dem überhastet gequiekten musikalischen Vortrag im Takt zu bleiben, mussten ihre Beinchen so rasant steppen, dass man sie nur verschwommen wahrnehmen konnte. Es stand ernsthaft zu befürchten, dass Klein-Ellie noch vor dem Ende ihres Lieds wegen akuten Sauerstoffmangels ohnmächtig zu Boden sinken würde (schon zum zweiten Mal an diesem Tag!), doch dann war sie auch schon fertig und lächelte so entzückend, dass sich die Zuschauer fast die Hände wund klatschten.

Und der Applaus nach der nächsten Darbietung war ebenso herzlich. Nun ja, vielleicht was den Rest des Publikums – bestehend aus Einheimischen und Urlaubern – betraf, mit Sicherheit nicht TJ und mich.

Tja, wir zwei hatten gute Gründe, warum wir in diesem speziellen Fall *extrem* zurückhaltend waren …

»Himmel, ich wusste gar nicht, dass sie auch mitmacht«, knurrte TJ, als Rachels ehemals beste Freundin Kayleigh auf die Bühne stolziert kam. »Worin liegt ihre Begabung? Dass sie eine totale $?%!! ist?«

Sorry, aber ich muss TJs Ausdruck zensieren, er war wirklich nicht jugendfrei. Und ich weiß, dass man solche Dinge nicht sagen sollte, aber im Fall von Kayleigh traf es nun mal zu! Als was sonst soll man jemanden bezeichnen, der sich entsetzt abwendet, wenn die angeblich beste Freundin einen Anfall bekommt, statt sich um sie zu kümmern? Und wer serviert seine Freundin einfach ab, wenn sie krank ist? Klarer Fall, diese Kayleigh eben!

»Was ist mit ihrer Kleidung?«, wunderte ich mich laut.

»Welche Kleidung?«, sagte TJ, der – genau wie ich – beim Anblick von Kayleighs paillettenbesetztem Bikinioberteil mit dem Union-Jack-Muster, den winzigen, abgeschnittenen Jeansshorts und dem roten Stirnband um den *Oberschenkel* zusammengezuckt war.

»Vielleicht will sie wie eine dieser Background-Sängerinnen in einem MTV-Video aussehen«, schlug ich vor.

»Sie sieht eher wie ein Bus von hinten aus …«, brummte TJ verkniffen.

Das traf genau genommen nicht zu; Kayleigh war eigentlich ganz hübsch, aber ihr Gesichtsausdruck, der einfach etwas Fieses, Hinterhältiges hatte, ließ alles andere in den Hintergrund treten. Und im Moment sah sie wirklich so aus, als hätte sie sich im Dunkeln angezogen oder wollte mit aller Gewalt eine Wette gewinnen …

Weil ich noch angestrengt darüber nachgrübelte, was um alles in der Welt Kayleigh glauben ließ, sie sähe in diesem Outfit gut aus, bekam ich gar nicht mit, was Mr Harper zur Einführung sagte. Doch noch ehe ich TJ um Aufklärung bitten konnte, drückte Kayleigh auf einen Knopf des mitgebrachten CD-Players, und das Gemurmel im Publikum wurde übertönt von den ohrenbetäubenden Klängen von …

»Hey, das ist doch dieser Kylie-Song! Der, den Rachel immer singt!«, brüllte ich TJ über Bobs zuckende Ohren hinweg zu.

»Hä? Quatsch! Warum sollte Kayleigh Rachels Song klauen?!«, brüllte TJ zurück, und zwischen seinen braunen Ponyfransen zeigte sich eine irritierte Stirnfalte.

Genau das fragte ich mich jedoch auch. Kayleigh hätte sich eine Million anderer Hits aussuchen können. Vermutlich sogar eine Million anderer Hits von Kylie Minogue. Warum also ausgerechnet *diesen*?

Vielleicht weil es ihr Lieblingssong war, genau wie der ihrer (bis neulich) besten Freundin Rachel?

Oder hatte sie kein eigenes Hirn und wählte ihn deshalb aus, weil er aus Rachels Mund so fantastisch klang?

Oder weil Rachel damit so viel Applaus geerntet hatte, als sie ihn im Café genau anderthalbmal vorgesungen hatte und Kayleigh ähnlich viel Applaus bekommen wollte? Falls diese Hypothese zutraf, dann hatte Kayleigh eine winzige Kleinigkeit übersehen: die Tatsache, dass Rachel fantastisch singen konnte, sie, Kayleigh, hingegen … hm, *gar* nicht.

Und über diese Tatsache konnten auch noch so viele peinliche Tanzbewegungen, noch so viel Hinternwackeln und ein fast schon peinlich knappes Outfit nicht hinwegtäuschen …

»Meinst du im Ernst, Kayleigh denkt, dass sie *sexy* rüberkommt?«, kicherte TJ plötzlich los.

»Ich glaube schon. Und *die* denken es offenbar auch!«, sagte ich und stieß TJ in die Seite, damit er den Kopf drehte, um einen Blick auf die Bande von Idioten am Rand der Zuschauermassen zu werfen, die im Moment laute, bewundernde Pfiffe ausstießen. Es war Sams Bande: vier der widerlichsten Kerle, die man sich nur vorstellen kann. In ihrer (wahrlich nicht wünschenswerten) Gesellschaft befanden sich Hazel und Brooke, die dem unangefochtenen Star ihrer Mädchenclique ebenfalls lebhaften Beifall zollten.

»Ja, aber vergiss nicht – diese Typen haben, großzügig

geschätzt, zusammengenommen maximal dreizehn Gehirnzellen. Ich vermute, sie fänden sogar eine Mülltonne sexy, wenn man nur ein Bikinioberteil drum herum bindet …«

TJ kraulte Bob beruhigend zwischen den Ohren – Kayleighs Gequietsche machte den armen Hund offenbar total nervös, denn seine Ohren drehten sich im Moment wie die Propeller eines Hubschraubers. Und über all das Bassgedröhne und Geträller von der Bühne hinweg, glaubte ich, auch sein gequältes Jaulen zu hören.

»Ist bald vorbei«, raunte ich Bob zu und hielt ihm den Rest meiner Waffeleistüte hin, um ihn etwas abzulenken.

Und tatsächlich – mit einer letzten, heillos falsch gesungenen Note und einem abschließenden Po-Wackeln ging Kayleighs Vorführung (glücklicherweise) zu Ende. Und genau wie schon die anderen »Künstler« wurde auch sie mit einem Chor von Hurrarufen und frenetischem Beifall bedacht. Okay, definitiv nicht von *uns* …

»Das war eine sehr … hm, temperamentvolle Darbietung von Kayleigh!«, rief Mr Harper, nachdem er wieder auf die Bühne gehüpft war. »Und nun zu unserer letzten Teilnehmerin der heutigen Vorentscheidung … Nur Mut, meine Liebe! Würdest du uns deinen Namen verraten?«

Ein schlaksiges, dunkelblondes Teenie-Mädchen mit blauen Augen schlurfte auf die Bühne, mit rustikalen Shorts und einem langen, weiten T-Shirt.

Sie ging viel zu nah ans Mikrophon, und der Name »MEGAN, MEGAN SAMSON!« dröhnte so laut und verzerrt aus den Lautsprechern, dass das Publikum zusammenzuckte.

»Hey, Stella – ist das nicht das Mädchen, das dich neulich beim Radschlagen umgeworfen hat?«, raunte TJ mir zu.

»Ach ja!« Ich nickte und legte den Kopf schief, um sie noch einmal wie gestern aus einem schrägen Blickwinkel zu sehen.

»Okay!«, sagte Mr Harper lachend. »Erzähl: Wohnst du hier in der Gegend oder machst du hier Urlaub?«

»ICH BIN IM URLAUB …«, dröhnte sie wieder los, bis Mr Harper ihr zu verstehen gab, ein Stück weit vom Mikrophon wegzugehen, »… mit meiner Mutter, meinem Vater und meiner Schwester – wir wohnen dort oben im Feriencamp Meerblick!«

Bei den letzten Worten drehte sich das Mädchen zur Seite und zeigte auf eine Ansammlung hässlicher Wohnwagen, die am Ende des Strands auf einer felsigen Landspitze thronten. Sie verdarben einem die Aussicht. Egal, ob man sie stirnrunzelnd von Portbay aus betrachtete oder von der kleinen Bucht aus, Sugar Bay genannt, die auf der anderen Seite der Landspitze lag.

»Wie schön! Und wie waren deine Ferien bis jetzt?«

»Hm, ganz nett!«, meinte das Mädchen achselzuckend,

während es die Hände in den Taschen seiner Shorts vergrub und die Nase kräuselte.

Das war nicht die heitere, positive Antwort, mit der Mr Harper vermutlich gerechnet hatte, und ich hatte den Eindruck, als würde er ganz kurz die Augenbrauen hochziehen.

»Und ist deine Familie hier im Publikum, um dir zu applaudieren?«, fragte er polternd, um Smalltalk zu machen.

»NEIN!«, dröhnte das Mädchen, das alle Zurückhaltung vergaß und sich wieder viel zu dicht ans Mikrophon beugte.

Hämisches Gelächter von einer Seite der Zuschauerreihen war zu hören. Klarer Fall, von wem das kam. Besonders weil Sam und Hazel und Brooke und Konsorten inzwischen lautstark von Kayleigh unterstützt wurden, die soeben nach ihrem »Starauftritt« zu ihnen zurückgekehrt war.

»Oh … okay. Aber jetzt verrate uns bitte, was du uns gleich vorführen wirst!«

»AKROBATIK!«

»Schön, Megan … Dann nichts wie los!«

Mr Harper hatte seinen Satz noch nicht zu Ende gesprochen und konnte sich gerade noch in letzter Sekunde mit einem Satz in Sicherheit bringen, als Megan auch schon zu etwas ansetzte, das – wie ich glaube – Flickflack heißt (und »Autsch!« heißen würde, wenn *ich* es versuchen würde).

Gleich danach *warf* sie erneut beide Beine in die Luft und marschierte auf den Händen über die Bühne – und zwar so lange, dass es mir wie eine halbe *Ewigkeit* vorkam.

Mal ehrlich, bei den Olympischen Spielen sieht es ganz eindrucksvoll aus, wenn die Mädchen in hautengen Trikots zu irgendeiner edlen klassischen Musik elegant herumturnen. Doch diese Megan wirkte eher linkisch als elegant, als sie nun laut keuchend quer über die Bühne turnte und ihr T-Shirt langsam, aber sicher in Richtung Brust rutschte. Es sah verdächtig danach aus, als würde sie gleich aller Welt ihren BH präsentieren, was mich voller Mitgefühl mit ihr schon im Voraus erschrocken den Atem anhalten ließ.

Doch dann – platsch! – hatte sie offenbar genug davon, auf den Händen zu laufen, und setzte zu einem zwei- oder dreifachen Rad an. Vermutlich hätte sie sogar Rad schlagend die Bühne verlassen, wenn sie nicht versehentlich und äußerst unsanft gegen Mr Harper gedonnert wäre und ihn sozusagen als menschliche Leitplanke missbraucht hätte.

»Uff!«, stöhnte er ins Mikrophon. »Ähm … eine Runde Applaus bitte für Megan!«

Die gelenkige Megan richtete sich auf, schob sich eine wirre blonde Haarsträhne aus der Stirn und strahlte zufrieden, als das Publikum zu seinen üblichen Beifallsstürmen ansetzte.

Doch das Lächeln erlosch, als »Buuuh«-Rufe einsetzten, die immer lauter wurden.

»Yeay!«, brüllte ich und klatschte noch frenetischer.

»Hurra!«, brüllte auch TJ. Genau wie ich tat auch er sein Bestes, um die Buhrufe aus den Reihen von Sam und Kayleigh und Konsorten zu übertönen.

Währenddessen warf ich einen Blick zu Mum auf der Strandpromenade, um zu sehen, ob sie diese Unverschämtheit auch mitbekommen hatte. Komischerweise schaute sie direkt zu mir, als wollte sie mich auf etwas aufmerksam machen. Aber es ging ihr nicht um Kayleigh und Sam – sie deutete hektisch auf etwas weiter hinten an der Promenade.

Etwas *Rötlichbraunes*.

»Peaches«, glaubte ich von ihren überraschten Lippen ablesen zu können.

Ah, Peaches. Der Gute hatte uns quasi eine halbe Sekunde nach unserer Ankunft hier in Portbay adoptiert. Abgesehen davon, dass er ein Fell hat und viel schnurrt, scheint er nicht viel von einer normalen Katze zu haben. Da ist zum einen die Tatsache, dass es immer nach Pfirsichen und Sahne duftet, wenn er in der Nähe ist (höchst ungewöhnlich für einen struppigen, mit Narben übersäten Streuner wie ihn, nicht wahr?). Zum anderen seine Angewohnheit, meilenweit weg von zu Hause aufzutauchen (hey, fuhr er etwa mit dem Bus?). Und das ist nur eines der vielen Rätsel, die sich um meinen König Dickbauch ranken …

Im Moment galt der hypnotisierende Blick seiner grünen Augen dem dunkelblonden Mädchen, das gerade betreten und mit eingezogenem Kopf von der Bühne schleichen wollte. Doch dann kam wie aus dem Nichts ein Arm, der sie am Rückzug hinderte. Allerdings hatte sie diesen Arm nicht kommen sehen, sodass sie (erneut!) mit voller Wucht mit dem armen Mr Harper zusammenstieß.

»Hoppla!«, stotterte er und konnte sich nur mit knapper Not auf den Beinen halten. »Würdest du bitte noch kurz warten, Megan? Und würden sich alle anderen Teilnehmer der Talentshow noch einmal auf der Bühne einfinden? Das Publikum wird dann entscheiden, wer diese Vorrunde gewonnen hat!«

»Schau, da ist Ellie!« Ich stieß TJ in die Rippen, als ich sah, wie sich seine kleine Schwester von ihrer Mutter losriss und so begeistert davonrannte, dass die glänzenden Pingpongbälle am Ende der Antennen ihres Filzkäppchens heftig ins Wanken kamen.

»Himmel, ist *die* heute aufgedreht!«, kicherte TJ liebevoll. »Hey, schau – schau dir mal Kayleigh an!«

Brav drehte ich den Kopf und durfte mit ansehen, wie Rachels frühere Busenfreundin auf dem Weg zur Bühne kokett über die vielen Arme und Beine und Knie hinwegtänzelte, mit ihrem Krokodilslächeln auf den Lippen, und der Menge zuwinkte.

»Sie tut, als hätte sie schon gewonnen!«, murmelte ich bissig, als ich ihren selbstzufriedenen Gesichtsausdruck sah.

»Na, da wird sie sich gleich wundern«, brummte TJ zurück. »Sie kann noch so sexy tun, aber taub ist das Publikum ganz sicher nicht! Jedem ist klar, dass ihre Stimme nur dann erträglich wäre, wenn sie sich dieses komische Haarband vom Oberschenkel vor ihre laute *Klappe* binden würde!«

Oh – oh, ich konnte ihn plötzlich kaum noch verstehen: Mr Harper hielt eine Hand über den Kopf des kleinen Mädchens, das mit dem linken Nasenloch Flöte gespielt hatte, und die Zuschauer klatschten, als ginge es um ihr aller Leben.

Mir fiel auf, dass die Zuschauer *jedes* Mal begeistert klatschten, als Mr Harper hinter den Kandidaten entlangschritt und hinter jedem, beziehungsweise jeder, kurz stehen blieb.

Peaches zuckte trotz des Höllenlärms nicht einmal mit der Schwanzspitze, wie mir auffiel. Mit einem absolut undefinierbaren, eventuell auch gelangweilten Blick verfolgte er die Szene, bis Mr Harper »Megan!« sagte. Auf einmal zuckte sein langer Schwanz, der über den Rand der Strandpromenade hing, aufgeregt hin und her.

Hey, was sollte das?

»Nach Abstimmung durch das Publikum, meine sehr verehrten Damen und Herren, Jungen und Mädchen, erkläre ich hiermit, dass der Sieger des heutigen Tages …«, bellte Mr Harper ins Mikrophon, ehe er eine kurze theatralische Pause machte, um die Spannung zu steigern, »… beziehungsweise die Siegerin … Electra O'Connell heißt!«

Ich glaube, Mr Harper hat noch eine Weile weitergequasselt und erzählt, dass Ellie zusammen mit den Siegern der kommenden zwei Vorentscheidungen am Freitag im großen Finale auftreten würde, aber TJ und ich hörten gar nicht mehr richtig hin, weil wir voll und ganz damit beschäftigt waren, unserer Begeisterung lautstark Luft zu machen und uns heiser zu brüllen!

Dem allgemeinen Geräuschpegel nach zu schließen, war das übrige Publikum ebenso zufrieden mit diesem Ergebnis wie wir. Ellie mochte sich zwar angehört haben wie eine Kassette im Schnellvorlauf, aber süß wie sie war, gönnten ihr alle ihren Sieg.

Alle – mit Ausnahme einer eingeschnappten Tussi, die wütend die Arme vor ihrem Union-Jack-Bikinioberteil verschränkte …

3. Kapitel

Bestechung, Bestechung …

Soweit ich es von hier aus beurteilen konnte, sah Mrs O'Connell verdächtig wie einer dieser altmodischen Liegestühle aus.

Damit will ich nicht sagen, dass sie stämmige Holzbeine gehabt hätte; nein, es lag nur an ihrem langen, gestreiften Hippiekleid, das in der Brise flatterte.

»Deine Mum muss ganz schön stolz auf Ellie sein«, sagte ich zu TJ, als wir darauf warteten, dass Mrs O'Connell ihre kleine Unterhaltung mit Mr Harper zu einem Ende brachte. Sie hielt Ellies Hand mit eisernem Griff umklammert, doch da sie gleich zur Nachmittagsprobe einer ihrer Theatergruppen gehen musste, rechneten wir damit, dass Ellie jeden Augenblick zu uns herüberrennen würde, mit wippenden Pingpongballantennen und wehendem Feengewand.

»Hmmm … ich weiß nicht, ob Mum unbedingt stolz ist. Sicher nicht so wie eine normale Mutter«, murmelte TJ.

»Wie meinst du das?«, hakte ich nach.

»Nun, ich wette, die arme Ellie musste bereits einen Vortrag über richtiges Atmen und die richtige Gesangstechnik über sich ergehen lassen. Und Mr Harper wird unter

Garantie gerade bestürmt, Ellie vor dem Finale am Freitag noch ein paar Nachhilfestunden im Stepptanzen oder was weiß ich zu geben …«

Weitere Erklärungen konnte sich TJ sparen. Ich hatte schon von so genannten »Starmüttern« gehört; meine Tante Vanessa hat eine Agentur für Schauspieler, und sie nimmt absichtlich keine Kinder in ihren Klientenkreis auf, weil sie sagt, dass auf jedes halbwegs normale Elternteil, das irgendwo da draußen herumrennt, mindestens ein rechthaberischer Drachen kommt, der seinen kleinen Liebling mit aller Gewalt und ohne jede Hemmung auf die Bühne treibt, nur weil er hofft, dass ein Fünkchen des ersehnten Ruhms auf ihn abfärbt. Und da Mrs O'Connell selbst Schauspielerin ist, die den großen Durchbruch jedoch nie geschafft hat – etwas, an dem sie ganz offensichtlich schwer zu knabbern hat –, ist sie sicher ganz wild darauf, aus ihrem einzigen »talentierten« Kind (sprich: Ellie) einen Star zu machen.

Und wann immer Mamilein zu tun hatte, was recht häufig der Fall war, halste sie ihrem »normalen« Kind, nämlich TJ, die Aufsicht über Klein-Ellie auf.

»Sie hat mir übrigens ein paar Eintrittskarten gegeben.«

Keine Ahnung, was TJ damit sagen wollte. Das musste mir deutlich ins Gesicht geschrieben sein, da TJ ungefragt weitere Erklärungen nachschob. Na ja, zumindest etwas, das er für Erklärungen hielt.

»Für *Das Brüllen des Regenwalds*, die Show, die Mum mit einer ihrer Theatergruppen für das Festival einstudiert hat. Sie hat mir ein paar Gratiskarten gegeben, für morgen Abend im Rathaus. Ich fürchte, es wird schrecklich werden. Willst du trotzdem mitkommen?«

»Unbedingt!«, sagte ich grinsend, wohl wissend, dass ich in TJs Gesellschaft auch bei schaurigen Darbietungen meinen Spaß haben würde.

»Oh – oh … Ellie hat sich losgerissen – da kommt sie!«, sagte TJ lachend, während er auf seine kleine Schwester schaute, die wie ein Wirbelwind barfuß über den heißen Sand gerannt kam. Keine Ahnung, wie sie auf die Schnelle ihre Spitzensöckchen und die Stepptanzschuhe losgeworden war.

»Wo sind Jake und Jamie? Haben sie mich auf der Bühne gesehen?«, keuchte sie, sobald sie bei uns angekommen war. Wir nahmen sie an die Hand und machten uns auf den Weg zum Souvenirgeschäft von Rachels Mutter, wo wir unsere Freundin nach ihrem Arztbesuch abholen wollten.

»Hm … ja«, log ich notgedrungen, um Ellie nicht zu enttäuschen. »Aber sie waren hinterher so müde, dass Mum mit ihnen nach Hause ging, damit sie ihr Mittagsschläfchen machen können.«

Letzteres stimmte; Mum war mit den Zwillingen tatsächlich nach Hause geeilt, wo sie garantiert wieder aufwachen würden, entweder weil sie wieder topfit waren oder weil Dad mit dem Vorschlaghammer auf eine weitere, arme, wehrlose Wand unseres neuen alten Hauses losging, um sie in tausend Stücke zu schlagen. (Das Haus sah inzwischen aus wie eine Kreuzung zwischen einer Baustelle und den Seiten einer Ausgabe von *Schräger* Wohnen. Während Dads unermüdlichem Heimwerker-Marathon versuchte Mum verzweifelt, unserem Heim einen *Hauch* von Gemütlichkeit zu geben, indem sie hübsche Decken über die Haufen von Werkzeugen legte und voluminöse Blumenvasen vor das nackte Mauerwerk stellte. Dad hatte Mum versprochen, dass er bis zum Ende der Sommerferien fertig sein würde. Allerdings habe ich ganz genau gesehen, dass er bei diesen Worten hinter seinem Rücken die Finger gekreuzt hat …)

Und was Peaches betraf … nun, Peaches hatte sich inzwischen auch verzogen. Vermutlich würde ich ihn nachher dösend auf dem Schreibtisch in meinem Gartenhäuschen vorfinden, wo er so tun würde, als hätte es seinen Ausflug durch das halbe Städtchen nie gegeben.

»Meint ihr, Rachel möchte mein Lied auch hören?«, zwitscherte Ellie und ließ warme Sandkörner zwischen ihren Zehen hindurchrieseln.

»Nein«, antwortete TJ unverblümt.

»Doch, sicher«, sagte ich mitfühlend und mit einem finsteren Blick auf TJ, um ihm zu verstehen zu geben, dass er gefälligst etwas netter zu seiner schließlich erst fünfjährigen Schwester sein sollte.

»Rachel kann ja auch so gut singen«, fuhr Ellie unverdrossen und mit großem Ernst fort, »da muss ich mich *sehr* anstrengen.« Offenbar war ihr TJs typisch jungenhafter »Humor« entgangen oder sie ignorierte ihn absichtlich. »Ich glaube, ich muss noch mal kurz vor euch üben – oder vor dem Kopfüber-Mädchen.«

»Magisches Denken« ist etwas, was sehr kleine Kinder noch können. Das weiß ich von Mum, die einen Ratgeber über die kindliche Entwicklung gelesen hatte, weil Jamie ständig von einer »bösen Maus« brabbelte, die angeblich in seinen Gummistiefeln wohnte. Das hatte Mum richtig Angst gemacht – unbegründet. Es ist nämlich so, dass kleine Kinder manchmal die verschiedenen Welten durcheinanderbringen – unbefangen vermischen sie Realität und Geschichten, die sie gehört haben, und ihre Träume.

Ellies Kopfüber-Mädchen war sicher auch nur eine Gestalt aus ihrer Phantasiewelt, nicht wahr? Aber war TJs kleine Schwester inzwischen nicht schon ein bisschen zu alt für solche Sachen?

Und, hm … eigentlich *gab* es dieses Kopfüber-Mädchen ja!

Im Moment hing es an den Kniekehlen an dem blauen Geländer der Strandpromenade, unweit des Souvenirgeschäfts von Rachels Mutter. Ihre Arme und ihre blonden Haarspitzen hingen im Sand und ihr Mund lächelte. O nein – Moment mal – sie hing ja verkehrt herum, was bedeutete, dass ihre Mundwinkel trübsinnig nach unten zeigten. (Diese Aussage würde natürlich nur dann stimmen, wenn ich ebenfalls auf dem Kopf stehen würde, logisch!)

»Da ist sie ja wieder – die begabte Radschlägerin!«, flüsterte TJ mir zu.

»Sie heißt Megan und sie war sehr, sehr nett zu mir«, sagte Ellie und rückte ihr Antennenkäppchen gerade. »Sie hat ganz toll geschielt und mich zum Lachen gebracht, als wir auf unseren Auftritt warten mussten. Und sie kann sich auch ganz toll verbiegen.«

»Stimmt, das kann sie«, sagte TJ und blickte erst auf Ellie, dann (grinsend) auf mich und schließlich wieder auf das Kopfüber-Mädchen.

Ich konnte nicht zurückgrinsen, weil ich gerade damit beschäftigt war, mit dem Kopfüber-Mädchen Augenkontakt aufzunehmen. Klar, mit Kayleigh und ihresgleichen hatte ich nun wirklich nichts am Hut, aber irgendwie hatte ich wegen ihrer Buhrufe ein bisschen ein schlechtes Gewissen und das dringende Bedürfnis, mich für das miese Verhalten von Sams Bande und ihre Gemeinheit zu entschuldigen.

»Ähm, hallo …«, sagte ich ziemlich laut.

Doch Bob übertrumpfte mich. Ich hatte mein Ähm kaum über die Lippen gebracht, als er schon lossprintete und voller Begeisterung Megans Gesicht zu lecken begann – die kichernd und zappelnd aus ihrer Fledermausstellung sprang und versuchte, sich vor seiner feuchten Hundezunge in Sicherheit zu bringen.

»Bob! Bei *Fuß*!«, brüllte TJ, doch Bob ignorierte sein Herrchen sträflich und setzte seine freundlich gemeinte Leckorgie fort. »Entschuldige – manchmal übertreibt er es mit dem Nettsein-Wollen!«

»WAS?«, brüllte Megan, schielte über Bobs Fell hinweg und zog sich zwei winzige Kopfhörerstöpsel aus den Ohren.

»Hey … was ist hier los?«

Die neue Stimme, die diese Frage gestellt hatte, klang etwas skeptisch. Und die neue Stimme, die diese Frage gestellt hatte, gehörte Rachel.

»Hey, hallo!«, begrüßte ich sie mit einem breiten Lächeln. »Wie war's heute Morgen?«

Rachel bedachte mich mit einem Stirnrunzeln, das überdeutlich besagte: »Nicht hier vor einer Fremden!«, und prompt kam ich mir wie der dümmste Mensch auf Erden vor.

»Ganz okay …«, antwortete sie nur achselzuckend und starrte TJ und mich an, als wollte sie uns eine Frage telepathisch ins Gehirn beamen – vermutlich jene, wer dieses Mädchen eigentlich war und was wir mit ihr am Hut hatten. (O ja, die gute Rachel hatte durchaus ihre Macken, und TJ und ich würden in nächster Zeit einiges zu tun haben, um ihr diese auszutreiben. Okay, außer bei dem Zusammenstoß neulich mit mir, hatte Rachel diesen Rad schlagenden Wirbelwind bisher noch nie gesehen. Sie wusste noch nicht, wie nett Megan zu Ellie gewesen war oder dass sie nach ihrem Auftritt so gemein ausgebuht worden war. Und auch nicht, dass Peaches mir telepathisch sein Okay zu ihr gegeben hatte, genau wie früher schon zu TJ und Rachel …)

»Himmel, *du* bist das Mädchen von gestern! Es tut mir ja sooooo leid!«, keuchte das Mädchen namens Megan in meine Richtung, nachdem sie Bobs dickes Fell glatt gestrichen hatte und mich nun besser sehen konnte. »War mir echt peinlich, dass ich dich angerempelt habe!«

»Schon okay«, entgegnete ich achselzuckend und verspürte prompt ein leichtes Stechen im Rücken, das mir bisher noch nie aufgefallen war.

»Und, o Himmel, DU! Du warst SUUUPER!«, rief Megan plötzlich aus, noch immer halb verdeckt von einem leckenden Hund.

Das mit dem Himmel war diesmal an Rachel gerichtet. Rach klappte den Mund auf, machte ihn dann aber unverrichteter Dinge wieder zu, da sie sich offenbar nicht erklären konnte, *warum* dieses Mädchen, das Bob verzweifelt abzuwehren versuchte, sie so SUUUUPER fand.

»Ich war am Sonntag mit meinen Eltern und meiner Schwester in dem Café an der Strandpromenade. Und da hab ich dich diesen Madonna-Song singen hören – der WAHNSINN! Du warst tausendmal besser als dieses Mädchen, das ihn heute beim Talentwettbewerb vorgetragen hat.«

»Es war ein Lied von Kylie«, verbesserte Rachel sie sichtlich irritiert. Zum einen freute sie sich über das Kompliment, zum anderen war sie verwirrt. »Ähm … hat jemand heute beim Talentwettbewerb ›Can't Get You Out of My Head‹ gesungen?«

Die Frage war eindeutig an TJ und mich gerichtet, doch Ellie war schneller als wir.

»Ja – dieses nicht so nette Mädchen, mit dem du früher immer zusammen warst.«

Rachel starrte TJ und mich mit weit aufgerissenen Augen an.

»Kayleigh«, murmelte ich betreten, denn mir war klar, wie sehr es Rachel verletzen würde. Bis vor zwei Wochen waren sie und Kayleigh schließlich noch die allerdicksten Freundinnen gewesen und hatten, zusammen mit Hazel und Brooke, eine eingeschworene Clique gebildet. Doch dann, vor haargenau *einer* Woche, hatten die drei auf bemerkenswerte Weise unter Beweis gestellt, dass sie absolut keine Freundinnen waren. Und jetzt hatte Kayleigh auch noch Rachels Song geklaut … das musste für Rachel ein *weiterer* Tiefschlag sein.

»Was?!«, stammelte Rachel blinzelnd. »Aber Kayleigh

mag Kylie doch nicht einmal! Wenn sie dieses Lied vorgesungen hat, dann nur, um mir eins auszuwischen!«

Auweia – hoffentlich regte sich Rachel darüber nicht so sehr auf, dass sie einen neuen Anfall bekommen würde …

»Ich glaube nicht, dass das der Hauptgrund war«, log ich, obwohl ich hundertprozentig vom Gegenteil überzeugt war. »Ich glaube, der Grund war der, dass Kayleigh gesehen hat, wie viel Applaus du im Café bekommen hast. Wahrscheinlich hat sie sich gedacht, dass viele Feriengäste und andere, die dich gehört haben, heute auch da sein würden und …«

»Was willst du damit sagen, Stella?«, fiel Rachel mir entsetzt ins Wort. »Dass man sie mit *mir* verwechseln könnte?«

Autsch – *ganz* so drastisch hatte ich es eigentlich nicht ausdrücken wollen … und vor Schreck war mein Gehirn nun so verzweifelt damit beschäftigt, sich eine gute Ausrede einfallen zu lassen, dass mein Mund stumm blieb.

»Ach was, Rach – kein Mensch kann euch zwei verwechseln. Weißt du, der Unterschied zwischen euch ist der, dass du singen kannst, während Kayleigh total … unterste Schublade war«, kam TJ mir da geistesgegenwärtig zu Hilfe.

»Und sie hat nur einen BH angehabt«, sagte Ellie, noch immer sichtlich erschüttert über diesen Fehlgriff in Sachen Kleiderordnung.

»Und sie hat mich ausgebuht. Ich sie *nicht*«, fügte Megan niedergeschmettert hinzu.

Rachel sah aus, als hätte sie dazu etwas zu sagen gehabt, aber nur bis sie Megans Bemerkung hörte. Sie musterte die Fremde in unserer Mitte noch einmal von Kopf bis Fuß, kam dann aber zu dem Schluss, lieber nichts *allzu* Vertrauliches zu sagen.

»Außerdem, Rach, gibt es ja noch zwei weitere Vorrunden«, fuhr TJ unbekümmert fort. »Wir haben dich schon für die am Donnerstag eingetragen.«

»Und du kannst singen, was du willst – du wirst auf jeden Fall SPITZE sein!«

Nachdem sie dieses Kompliment von sich gegeben hatte, begann Megan, an dem teuer aussehenden iPod herumzufingern, den sie am Bund ihrer Shorts stecken hatte.

»Ich weiß nicht, wie dir *dieser* Song gefällt. Keine Ahnung, wie er heißt, aber ich finde ihn IRRE. Hör mal selbst!«

Megan hielt Rachel ihre Kopfhörer hin, die jedoch zurückzuckte, als wollte Megan ihr ein Marmeladenglas mit radioaktivem Inhalt aufdrängen.

»Lass mich mal hören«, sagte TJ, schnappte sich die schwarzen Ohrstöpsel und spitzte die Ohren. »Oh … Marilyn Manson?!«

Ich kann nicht behaupten, dass ich so ein Musikkenner bin wie TJ, doch diesen Namen hatte ich schon mal gehört.

»Ist er nicht dieser total … total …«

Ich verstummte abrupt, weil ich mich eventuell täuschte und mich nicht bis auf die Knochen blamieren wollte.

»… total schaurige Schockrocker, der ohne weiteres in jedem Horrorfilm auftreten könnte?«, führte TJ den Satz für mich grinsend zu Ende, während er die Ohrstöpsel wieder herausnahm.

Ah, ich hatte mich *nicht* getäuscht. Kein Wunder, dass mich Megans Musikgeschmack irritierte – sie wirkte eher wie eine begeisterte Pfadfinderin als wie ein hartgesottener Gothic-Rock-Fan.

»Oh, den iPod hab ich von meiner großen Schwester. Keine Ahnung, was für Songs da drauf sind …«

Ganz schön großzügig, diese Schwester, dachte ich mir und fragte mich, was so ein Hightech-Teil wohl kostete.

»Damit will ich nur sagen, dass sie ihn mir ausgeliehen hat«, erklärte Megan, als sie den Ohrstöpsel wieder entgegennahm und an dem roten Bändchen an dem schwarzen Plastikkabel herumspielte.

»Hast du vielleicht ein Glück«, sagte Rachel, die offenbar beschlossen hatte, sich wieder an unserem Gespräch zu beteiligen. »Mein großer Bruder würde mir seinen iPod oder was auch immer in *tausend* Jahren nicht ausleihen!«

»Oh, meine Schwester Naomi leiht mir dauernd Sachen.«

»Ist sie eine Art Heilige?«, fragte ich Megan grinsend.

»Himmel, NEIN! Ich meine, sie ist echt cool und alles, aber eine Heilige ganz sicher nicht. Sie will mich nur bestechen, glaube ich ...«

»Hä? Dich bestechen?«, hakte ich irritiert nach.

Mir war aufgefallen, dass plötzlich alle neugierig den Kopf reckten, um mehr zu erfahren (na ja, abgesehen von Ellie und Bob natürlich, die keine *Ahnung* hatten, was Bestechung bedeutet).

»Ja, ich bin ihr Alibi. Gleich am ersten Tag hier in Portbay hat Naomi diese Clique kennen gelernt ... sie ist schon fünfzehn und die Jungs sind NOCH älter – ungefähr siebzehn oder so«, erklärte Megan und trommelte mit den Fingern auf den iPod ein, als würde sie noch immer Marilyn Manson hören. »Jedenfalls hängt sie seither dauernd mit ihnen zusammen, und Mum und Dad glauben, sie wäre mit *mir* unterwegs.«

»Warum das?«, fragte TJ.

»Unsere Eltern sind total cool, wenn es darum geht, dass wir an den Strand gehen oder durch die Geschäfte tigern. Hauptsache, wir sind zusammen. Dann gehen sie stundenlang wandern und machen sich keine Sorgen um uns«, erklärte Megan weiter.

»Wandern?«, sagte Rachel in einem Tonfall, als sei es das Dümmste, was sie jemals gehört hatte.

»Ja, sie sind die totalen Wanderfreaks, aber ihnen ist klar, dass sie Naomi und mich – eigentlich eher Naomi – nie im

Leben dazu bringen würden, stundenlang über Stock und Stein zu hüpfen.«

»Muss schön sein, dass sie so großes Vertrauen zu euch haben«, sagte ich. »Auch wenn ihr zwei sie ziemlich hinters Licht führt …«

»Ja, aber andererseits sind sie in anderen Dingen sehr streng«, fuhr Megan fort, ohne auf meinen Kommentar einzugehen. »Ich meine, sie würden AUSFLIPPEN, wenn sie wüssten, dass Naomi sich mit älteren Jungen herumtreibt. Besonders wenn sie auch noch wüssten, dass sie mit einem von ihnen dauernd HERUMKNUTSCHT …«

»Sie hat einen Freund? Einen *heimlichen* Freund?«, fragte Rachel, deren dunkelbraune Mandelaugen bei diesem interessanten Detail tellerrund wurden.

»Ja … und deshalb rennt sie Tag für Tag los, um sich mit ihm zu treffen. Natürlich nur, wenn er sich vor seinem Ferienjob drücken kann.«

»Und was machst du in der Zeit?«, wollte ich wissen.

Megan stülpte die Unterlippe vor und blickte angestrengt nach oben, als stünde dort eine passende Antwort geschrieben.

»Weiß nicht, ich hänge halt rum, würde ich sagen. Übe Radschlagen am Strand. Teste, wie lang man maximal an einer Kugel Eis lutschen kann …«

»Ist das nicht tierisch langweilig?«, fragte TJ auf seine typisch direkte Art.

»Na ja, schon, aber Naomi leiht mir ja tolle Sachen wie das hier aus, damit ich mir die Zeit vertreiben kann«, sagte Megan und hielt den iPod hoch. »Und das Teil ist wirklich cool, denn eigentlich gehört es ihrem neuen Freund und es ist echt der WAHNSINN!«

»Stimmt, es ist das allerneueste Modell«, gab TJ zu, »aber ich stelle es mir trotzdem total ätzend vor, sich ganz allein in der Stadt herumzutreiben.«

»Halb so schlimm«, antwortete Megan mit einem weiteren Schulterzucken. »Was mir aber echt stinkt, ist, dass Naomi nie zur vereinbarten Zeit zurückkommt, und wenn wir später als versprochen im Wohnwagen eintrudeln, sind Mum und Dad sauer und schimpfen mit uns BEIDEN!«

»Klingt, als wäre sie eine ziemliche …«

Ich war felsenfest davon überzeugt, dass TJ ein fürchterlich unschöner Ausdruck auf den Lippen lag, doch der blieb uns zum Glück erspart, weil Rachel sich plötzlich wieder zu Wort meldete.

»Dieser iPod …«, murmelte sie und ihre schön geschwungenen Augenbrauen zogen sich irritiert zusammen, als sie das rote Bändchen um das schwarze Kabel des Kopfhörers anstarrte. »Hey, es ist der von Si! Von meinem Bruder! Ich erkenne ihn an diesem Bändchen! Wie um alles in der Welt kommst du an den iPod meines Bruders!?«

Auweia …

Vielleicht war Rachel da eben eine klitzekleine Kleinigkeit entgangen, aber wer konnte ihr das verdenken? Meine beste Freundin Frankie ging – kaum dass ich London den Rücken gekehrt hatte – heimlich mit einem Jungen, in den ich bis über beide Ohren verknallt war. Doch ich Schaf hatte ewig nichts gemerkt, beziehungsweise alle Hinweise übersehen.

»Si wie *Simon*?«, rief Megan, der Rachels anklagender Ton offenbar völlig entgangen war. »Klar – so heißt er! Er hat ein Lippen-Piercing, nicht wahr? Und er trägt immer T-Shirts, auf denen ›Death Metal Kitty‹ und so was steht!«

»Stimmt! Das trägt er wirklich *oft*«, sagte TJ mit einem zustimmenden Nicken.

Rachel stand offenbar auf der Leitung, denn sie blinzelte nur ratlos.

»Der Junge, mit dem Megans Schwester rumknutscht …«, sagte ich, um ihr auf die Sprünge zu helfen.

»… ist dein Bruder!«, eilte TJ mir zu Hilfe.

»Hm, bedeutet das, dass du und du jetzt verwandt seid?«, fragte Ellie, und die Pingpongbälle an ihrem Antennenhütchen hüpften aufgeregt auf und ab, als sie von der grinsenden Megan auf die ratlose Rachel und dann wieder zurückschaute.

Megan schaute drein, als fände sie es schmeichelhaft, dass zwischen ihr und der schönen Rachel eine wie auch immer geartete Beziehung bestand.

Rachel dagegen schien alles andere als entzückt, dass sie

etwas mit dieser Rad schlagenden Verrückten gemeinsam haben könnte, die keinen Satz über die Lippen brachte, ohne dass er ein übertrieben begeistertes Wort in Großbuchstaben enthalten hätte.

»COOL!«, rief Megan lachend.

»*Seltsam* …«, murmelte Rachel betreten.

4. Kapitel

COOL! SPITZE! IRRE!

Megan starrte wie hypnotisiert auf die gefälschten Feenbilder.

Und wenn jemand unter Hypnose steht (egal ob durch gefälschte Feen oder sonst etwas), merkt er normalerweise nicht, was um ihn herum gesprochen wird.

»Diese Megan ist … hm, irgendwie *zu* … ich weiß nicht«, sagte TJ gerade.

»Diese Megan« war im Moment völlig in die Betrachtung von vier gerahmten Fotos versunken, die an einem der Stände im Foyer des Rathauses hingen. Hilfreich wie sie nun einmal war, zeigte Ellie auf die diversen gefälschten Feen auf den Fotos und machte dann, in ihrem eigenen Feenkostüm und ihren lauten Stepptanzschuhen, ein paar gekonnte Drehungen.

Der Talentwettbewerb lag schon ein paar Stunden hinter uns, und inzwischen waren wir im Rathaus, wo etliche Höhepunkte des Portbay-Festivals stattfanden, einschließlich der Aufführung von *Das Brüllen des Regenwalds*. Wie wir dem Plakat an der Wand entnehmen konnten, war dieses Stück von Mrs O'Connell, ihres Zeichens Mutter von TJ und Ellie, nicht nur geschrieben und einstudiert worden –

nein, sie spielte zudem auch eine tragende Rolle. Doch im Moment waren wir hier im Foyer, um die Kunstausstellung zu bewundern, die Rachels Mum organisiert hatte. Und hier, unter den zahlreichen Stillleben mit schimmeligen Früchten und Aquarellbildern mit schiefen Dreiecken, die vermutlich Segelboote darstellen sollten, hingen auch die vergrößerten Feenfotos, auf denen zierliche, filigrane Feen durch ein wildes Gestrüpp aus dunklem Efeu, alten Rosen und herunterhängenden Fingerhutblüten zu schweben schienen.

Diese Feen waren – einen Trompetenstoß, bitte! – allein mein Werk. Ich hatte sie gemalt, ausgeschnitten, an dünne grüne Pflanzstecken geklebt und sie dann mit Mums Kamera fotografiert. Okay, ohne TJs künstlerische Unterstützung wäre das Fotoprojekt mit den gefälschten Feen nie zustande gekommen. Ähm, wenn ich *künstlerische Unterstützung* sage, dann meine ich, dass TJ die Stecken mit den Feen kunstgerecht platzierte, ehe ich auf den Auslöser drückte. (Okay, sagen wir besser, er hat die Stecken an den Stellen, auf die ich zeigte, in den Boden *gerammt* …)

»Sie ist nicht nur ein bisschen *zu* was-weiß-ich, sie ist schlichtweg verrückt!«, flüsterte Rachel, während sie Megans Rücken mit Blicken durchbohrte.

»Finde ich nicht«, sagte ich zu Megans Verteidigung und wünschte mir, Rachel wäre etwas nachsichtiger. »Sie redet nur gern und ist quirlig und …«

»… und *verrückt*, Stella!«, sagte TJ lachend. »In den letzten zwei Stunden hat sie keine Sekunde die Klappe gehalten und ist auch nie länger als fünf Sekunden still gestanden.«

Okay, ich gebe es zu, Megan wirkte tatsächlich etwas überdreht; während wir uns zum Mittagessen Hotdogs geholt hatten und durch Portbay geschlendert waren, den Straßenkünstlern zugeschaut und den allgemeinen Festival-Rummel bestaunt hatten, hatte sie mindestens neunzig Prozent der Unterhaltung bestritten. Und zudem gehört Megan zu den Leuten, die keinen Satz sagen, ohne ihn durch lebhafte Armbewegungen zu unterstreichen. Und während der restlichen zehn Prozent der Zeit, wenn sie TJ, Rachel, Ellie oder mich auch mal kurz zu Wort kommen ließ, trommelte sie mit den Fingern auf ihre Schenkel ein oder schnipste mit den Fingern. (Es ist allgemein bekannt, dass Hunde sehr hohe Frequenzen hören und Katzen an Wände starren und Dinge sehen, die uns Menschen verborgen bleiben. Nun, wer weiß – vielleicht konnte Megan irgendwelche flotten Hip-Hop-Songs hören, die nur für *sie* hörbar waren …)

»Ja, aber Megan war den Großteil ihrer Ferien bisher allein«, rief ich meinen wenig verständnisvollen Freunden in Erinnerung. »Vielleicht dreht sie deshalb so auf, weil sie endlich ein paar Leute hat, mit denen sie reden kann.«

»Würdest du mich netterweise aufklären, Stella?«, sagte

Rachel in einem Ton, der förmlich vor Sarkasmus triefte. »Warum sind ausgerechnet *wir* diese Glücklichen?«

»Du bist ja nur sauer, weil dein Bruder etwas mit ihrer Schwester hat und du nichts davon gewusst hast!«, sagte TJ spöttisch zu ihr. (Und an der Sache mit Kayleigh und dem Kylie-Song hatte sie sicher auch noch zu knabbern.)

»Ich bin überhaupt nicht sauer!«, fauchte Rachel, was ihr weder TJ noch ich so ganz abnahmen. »Als ob Si mir überhaupt jemals etwas erzählen würde! Aber jetzt ist mir endlich klar, warum er sich in der letzten Woche so oft vor der Arbeit gedrückt hat ...«

»Ja, ja«, sagte TJ und ging frisch-fröhlich über Rachels gereizten Ton hinweg. »Aber schaut mal, wie fasziniert Megan die Feenbilder anschaut! Ob sie sich wohl gerade überlegt, was für einen Kommentar sie dazu abgeben soll? Ich wette, innerhalb der nächsten paar Sekunden wird sie ein begeistertes ›COOL!‹ schmettern ...«

Berühmte Leute haben manchmal bestimmte Schlagwörter, und bei Megan war dies – obwohl sie vermutlich nicht berühmt war – auch der Fall. Wir kannten die aufgedrehte Nudel zwar erst seit wenigen Stunden, doch es war uns nicht verborgen geblieben, dass sie ebenfalls bestimmte Schlagwörter hatte. In Megans Welt war alles entweder COOL, SPITZE oder IRRE!

Zum Beispiel? Nun ...

COOL ist nach Meinung von Megan: ihre Schwester

Naomi, die Farbe Violett; *Plötzlich Prinzessin!;* Käsekuchen; der Alton Towers Freizeitpark; Akrobatik; Hunde; der Film *Shrek 2* (VIIIIEL COOLER als der erste *Shrek*-Film); seinen Namen an die Scheiben schmutziger Autos zu schreiben; und das unglaubliche Geschick des Glaskugel-Jongleurs auf der Strandpromenade.

SPITZE ist in Megans Augen: mit dem Rad bergab flitzen; der Geruch von Benzin (komisch …); das Wort »komisch«; MTV; meine honigfarbene Lockenmähne (danke für das Kompliment); alte Leute, die im Meer planschen; die Tatsache, dass Seesterne genau genommen keine Vorder- und Hinterseite haben; und der erstaunlich lebensecht aussehende Ameisenbär, den Mr und Mrs Mystic Marzipan vorhin aus einem Riesenluftballon geformt hatten.

Sachen, die in Megans Augen absolut IRRE sind: Monsterchips; Urlaub im Wohnwagen; lustig aussehende Sternenkonstellationen am Himmel entdecken; Schnecken, wenn sie ihre Hörner herausstülpen; seinen Namen bei Google eingeben und schauen, was da auftaucht; und Bob, der dem menschlichen Standbild vorhin beinahe ans Bein gepinkelt hätte (der Typ kam übrigens noch immer nicht überzeugend rüber, auch *nachdem* die gefährlich aussehende Seemöwe über seinem Kopf die Flatter gemacht hatte).

»Nö, es wird kein ›COOL‹ werden! Ich wette um eine Tüte Chips, dass sie ›SPITZE‹ sagen wird!«, sagte ich grinsend zu TJ.

»Oh, was bleibt mir da noch übrig? Ach ja – IRRE«, steuerte Rachel bei und konnte endlich auch mal wieder grinsen.

»Weißt du was, Megan? Es gab auch ein ganz, ganz schönes Foto von Bobs Nase, als er gerade an der Kamera geschnüffelt hat, aber es ist leider nicht hier ausgestellt«, hörten wir Ellie fröhlich erzählen, während sie sich einmal um ihre eigene Achse drehte, damit ihr Kleidchen und ihre Federboa schön zur Geltung kamen.

»Ach ja?«, sagte Megan, die nach einem kurzen, amüsierten Blick auf Ellie zu uns »Großen« herumwirbelte. »Hey, Leute – diese Fotos sind absolut, absolut …«

TJ, Rachel und ich hielten gespannt die Luft an; gleich würden wir erfahren, wer von uns diese Wette gewonnen hat.

»… absolut GENIAL!«, führte Megan ihren Satz zu Ende, und wir durften verdutzt feststellen, dass ihr Vorrat an LAUTEN Eigenschaftswörtern offenbar noch längst nicht erschöpft war. »Sie sehen so was von REAL aus! Wo habt ihr sie gemacht?«

»In dem verwilderten Garten von Josephs Haus«, sagte ich und trat einen Schritt näher zu Megan, Ellie und meinen Kunstwerken. »Von eurem Campingplatz aus müsste man es sehen können – es liegt in der Sugar Bay, auf der anderen Seite der Landspitze.«

»Himmel, ja! KLAR, ich kann es sogar vom Fenster unseres Wohnwagens aus sehen – es ist diese alte, vergammelte Ruine, nicht wahr?«

Ich fand diese Megan ja ganz nett, und über ihr Kompliment zu meinen Haaren vorhin hatte ich mich gefreut, aber trotzdem wurde ich nun etwas sauer auf sie. Okay, es ist vielleicht leicht verrückt, wenn man glaubt, ein Haus in Schutz nehmen zu müssen, aber so erging es mir nun mal. Je mehr Fakten über seine Geschichte ich herausgefunden hatte, desto mehr war es mir ans Herz gewachsen.

»Es ist vielleicht *heute* eine Ruine«, murmelte ich achselzuckend, »aber früher war es ein richtig vornehmes Herrenhaus. Und ich glaube nicht, dass sich die früheren Besitzer – wenn sie noch lebten – darüber freuen würden, dass sie von *ihrem* Fenster aus auf ein paar langweilige alte Wohnwagen schauen müssten.«

»Hey, Wohnwagen sind total LUSTIG!«, erklärte Megan strahlend, als hätte sie meinen eingeschnappten Ton gar nicht mitgekriegt. »Mich erinnern sie immer an Puppenhäuser – alles ist so winzig!«

»Kann ich euer Puppenhaus mal sehen?«, fragte Ellie und richtete ihre großen Kinderaugen flehentlich auf Megan.

»Klar! Natürlich kannst du! Hey, kommt doch ALLE, wenn ihr Lust habt! Wie wär's mit mor–«

Grässliche Klänge drangen plötzlich von dem Platz vor dem Rathaus an unsere Ohren. Das Stampfen, Kreischen und Quieken ließ uns alle erschrocken zusammenfahren. Wenn jemand behauptet hätte, eine Schar sadistischer Elefanten würde eine Gänseherde verfolgen, dann hätte ich es vermutlich geglaubt.

Allerdings würden böse Elefanten, die eine Gänseherde drangsalierten, vermutlich nicht im *Gleichtakt* aufstampfen, oder?

»O nein, nicht *die*!«, stöhnte TJ mit einem gequälten Kopfschütteln.

»Was? Wer?«, fragte ich und spähte durch die offene Tür ins Freie, wo ein Durcheinander von weinroten und goldenen Uniformen und blitzendes Messing zu sehen war.

»Das Jugendblasorchester von Portbay«, antwortete Rachel und musste sich fast die Lunge aus dem Hals brüllen, um den Höllenlärm zu übertönen. Sie verdrehte die Augen. »Sie stehen im ganzen Städtchen in Verruf. Man sagt, sie spielen so schauderhaft, dass kein Mensch errät, welche Melodie sie gerade zum Besten geben!«

Ich spitzte kurz die Ohren und kam zu dem Schluss, dass sie vermutlich »Mull of Kintyre« oder vielleicht auch die Nationalhymne spielten. Hm, könnte auch die Filmmelodie von *Star Trek* sein … Doch wie auch immer, dem, was man gemeinhin unter »Musik« versteht, entsprach es jedenfalls nicht. Und was immer es auch war, inzwischen wurde es vom Jaulen und Winseln des guten Bob begleitet, den wir draußen ans Geländer angebunden hatten.

»Hey, hab ich nicht gesagt, dass sie verrückt ist?«, sagte TJ und stieß mich in die Rippen.

Ich folgte seinem Blick und sah Megan, die Ellie herumwirbelte, mit Schritten, die entfernt an den guten alten Walzer erinnerten. Megan schaute möglichst blasiert drein, während Ellie mit wilden Stepptanzschrittchen und ausgelassen kichernd über die Marmorfliesen tänzelte und bei dem schnellen Tempo kaum mitkam.

»Na, wenn Megan verrückt ist, was ist dann Ellie?«, fragte ich grinsend, während ich das ungewöhnliche Pärchen beobachtete, das zu dem Scheppern und Kreischen der Blechbläser zu tanzen versuchte.

»Hey, sie ist erst fünf, da kriegt sie mildernde Umstände!«, feixte TJ zurück.

Wir waren nicht die Einzigen, die sich über diesen Anblick amüsierten. Die meisten der Besucher, die bisher die gammeligen Stillleben und die Dreieckssegelboote betrachtet hatten, schienen es wesentlich unterhaltsamer zu finden, das ausgeflippte Teenie-Girl mit dem quiekenden kleinen Mädchen durchs Foyer wirbeln zu sehen. Abgesehen von Rachel natürlich, die demonstrativ ihre Nein-wie-peinlich-Miene zur Schau trug.

»Ist sie eine Freundin von euch?«, fragte da eine fröhliche Frauenstimme, während sich gleichzeitig ein Arm um meine und Rachels Schulter legte.

Faszíniert schaute Mrs Riley – Rachels Mum – auf die

beiden Walzerköniginnen. Ellie (und Bob) hatte sie schon hinter TJ und mir herzockeln sehen und folglich konnte sie nur Megan meinen.

»Ja!«

»Nein!«

»Wollt ihr nicht mit einem Hut herumgehen und für sie sammeln?«, sagte Mrs Riley lachend, der offenbar gar nicht aufgefallen war, dass Rachel und ich ihre Frage völlig konträr beantwortet hatten. »Diese zwei Mädchen sind weitaus besser als etliche der Straßenkünstler – mit dieser Nummer könnten sie ein Vermögen machen!«

»Warum bist du hier?«, fragte Rachel ihre Mutter mit einem leicht aggressiven Unterton.

Tja, in den letzten ein, zwei Wochen hatte ich eine wirklich tolle Seite von Rachel kennen gelernt (sie hatte zum Beispiel ihre Mutter überredet, meine Feenfotos in ihr Schaufenster zu hängen), doch es störte mich sehr, dass hin und wieder ein Anflug der alten, arroganten, intoleranten Rachel bei ihr durchblitzte. Da war zum Beispiel die Art, wie sie mit ihrer Mutter redete. Oder dass sie Megan einfach von vornherein ablehnte und ihr keine Chance geben wollte … Lag es daran, dass Megans Schwester etwas mit Si hatte? Oder weil Megan uncool, unspektakulär und leicht albern war, die Art Mädchen, die Rachel keine *Nanosekunde* in ihrem Umfeld geduldet hätte, als sie noch zu Kayleighs arroganter Mädchenclique gehört hatte?

Mir war natürlich klar, dass Rachel eine harte Zeit hinter sich hatte – der Schock, weil sie plötzlich epileptische Anfälle hatte, die Untersuchungen im Krankenhaus und so weiter –, und vermutlich war es auch ein herber Schlag für sie gewesen, dass Kayleigh ihr beim Talentwettbewerb heute Morgen »ihr« Lied geklaut hatte. Aber das war noch lange keine Entschuldigung für ihr schlechtes Benehmen …

»Ich wollte nur kurz vorbeischauen, um zu sehen, wie die Ausstellung läuft«, antwortete Mrs Riley vergnügt, ohne auf Rachels pampigen Ton einzugehen. »Aber ich muss gleich nach Hause. Kommst du mit?«

Ohne ihren empörten Blick von Megan zu lösen, zuckte Rachel nur gelangweilt mit den Schultern, ehe sie sich wortlos umdrehte und ihrer Mutter folgte. Und sie war nicht die Einzige, die mich so plötzlich im Stich lassen sollte.

»O Gott – ist es schon so spät?«, rief TJ nach einem Blick auf seine Armbanduhr. »Ich muss Ellie zur Ballettstunde bringen …«

Zwei Minuten später – von meinem Freund, meiner Freundin (und Ellie) verlassen – saß ich unversehens auf den Stufen vor dem Rathaus, in Gesellschaft eines Mädchens, das ich kaum kannte, und lauschte dem markerschütternden Geschmetter eines Blechblasorchesters, ohne die leiseste Ahnung zu haben, was sie gerade spielten.

»Tja, ich sollte besser auch langsam nach Hause gehen«, sagte ich zu Megan, weil ich nun, als ich unvermittelt mit ihr allein war, plötzlich wieder einen Anflug meiner altvertrauten Schüchternheit verspürte.

»Oh, ich verstehe …«, sagte Megan nickend und wirkte auf einmal etwas verloren.

Es war, als hätte jemand die Kontrollknöpfe ihrer Lautstärke und ihrer Zappeligkeit von zehn auf eins gedreht.

»Und … was hast *du* noch so vor?«, fragte ich zögernd.

»Hm, ich denke, ich werde … noch ein bisschen herumlaufen. Mit Naomi kann ich erst in ein paar Stunden rechnen.«

Peng – da war ich wieder einmal mitten in ein Dilemma gerasselt. Sollte ich nett sein und Megan zu mir nach Hause einladen? Oder würde das peinlich werden, da ich sie ja kaum kannte und mich ohne TJ und Rachel auch wieder so dämlich schüchtern fühlte?

Echt nett sein oder dämlich schüchtern …

Echt nett oder dämlich schüchtern …

Es war keine schwierige Entscheidung; eher eine, die sich jemandem wie mir automatisch aufdrängt.

»Ähm … gut, tschüs dann!« Mit einem nervösen Lächeln erhob ich mich von den Stufen und winkte Megan im Weggehen zu. Dabei kam ich mir aber bei jedem Schritt mehr wie ein (ziemlich schüchternes) Miststück vor.

»Tschüs!« Megan winkte mir nach, blinzelte und wirkte mit einem Mal noch jünger als Ellie.

Hastig wandte ich den Kopf ab und eilte davon, während ich mir vor meinem inneren Auge bereits ausmalte, wie sie um sechs Uhr mutterseelenallein auf einer Bank an der Strandpromenade sitzen würde – wenn alle anderen im trauten Heim beim Abendessen saßen –, nur in Gesellschaft einer Tüte Chips und der hungrigen, durchgeknallten Seemöwe …

»Hey, Stella!«

Oh, oh – Megan würde mich doch nicht fragen, ob sie mit zu mir nach Hause kommen könnte, oder? Ich war vielleicht wirklich ein Miststück, aber das wäre doch eine Spur *zu* aufdringlich von ihr.

»Ja?«, sagte ich und drehte den Kopf, während ich eisern weiterging.

»Sneezy Lemon!«, rief Megan, als die Posaunespieler zufällig mal etwas leiser tuteten.

»Was?«, rief ich zurück und hatte nicht die geringste Ahnung, was sie damit sagen wollte.

»So heißt unser Wohnwagen! Falls du und TJ und Rach mich besuchen wollt; morgen früh bin ich zu Hause!«

»Ach so, ja, vielleicht«, antwortete ich und verspürte schon wieder den eisernen Klammergriff meines Dilemmas. Und baff war ich auch. Wer um alles in der Welt kam auf die Idee, einen Wohnwagen *Sneezy Lemon* – Niesende Zitrone – zu nennen?

Doch zurück zu meinem Dilemma. Megan und Rachel, Rachel und Megan … ich konnte mir beim besten Willen nicht vorstellen, *wie* die beiden jemals miteinander klarkommen sollten. Ich kannte Megan erst seit ein paar Stunden, und am Samstag würde sie wieder abreisen … lohnte es sich da überhaupt, mich mit ihr anzufreunden und es mir mit Rachel zu verderben? Doch falls Rachel sich weiterhin wie ein noch größeres Miststück benahm, als ich im Moment eines war, würde mich das nicht auch ganz schön nerven?

Wow, manchmal konnten Freundschaften eine ziemlich heikle Angelegenheit sein. Als ich vor drei Wochen hierher nach Portbay gezogen war, brauchte ich keinen einzigen Finger, um meine Freunde hier abzuzählen. Inzwischen hatte ich fast schon eine Hand voll und wusste nicht, wie ich sie alle unter einen Hut bringen sollte.

Dieses Problem musste ich dringend mit jemandem besprechen. Im ersten Moment überlegte ich mir, Frankie oder eine meiner alten Freundinnen in London anzurufen, doch dann kam ich zu dem Schluss, dass alte Freundinnen nicht unbedingt die besten Ratgeber sind, wenn es um *neue* Freunde geht. (Wahrscheinlich denken sie bloß: »Hmm … er/sie klingt nicht annähernd so nett wie ich!«)

Tja, in einer solchen Situation holt man sich am besten Rat bei jemandem, der eine Nicht-Freundin oder ein Nicht-Freund ist …

5. Kapitel
Eine sehr gute Nicht-Freundin von mir

Die erste Nicht-Freundin, die mir in den Sinn kam und mit der ich mein Problem hätte besprechen können, war Mum. Doch als ich nach Hause kam, hatte Jake gerade einen mittleren Wutanfall und Mum alle Hände voll damit zu tun, ihn wenigstens so lange vom Brüllen abzuhalten, dass er zwischendurch mal wieder kurz *Luft* schnappen konnte.

Der zweite Mensch, der als Nicht-Freund in Frage kam, war Dad, doch der war gerade damit beschäftigt, einen Mann vom Baudezernat durch unser Haus zu führen, der die Wand, die Dad neulich durchbrochen hatte, skeptisch beäugte. (Mir fiel auf, dass Dad wieder einmal die Finger hinter dem Rücken gekreuzt hatte.)

Kurzerhand beschloss ich, in mein Zimmer zu gehen und eine andere sehr gute Nicht-Freundin von mir anzurufen.

»Die Sache ist die, Tante Van, ich weiß, dass TJ nicht unbedingt *verrückt* auf Megan ist, aber er ist wenigstens nicht so abweisend zu ihr wie Rachel. Und jetzt hat Megan mich für morgen in ihren Wohnwagen eingeladen, aber ich weiß nicht, ob ich überhaupt hingehen soll. Denn wenn ja, und wenn ich die anderen dazu überreden kann mitzukommen, könnte es sein, dass Rachel wieder gemein zu Megan ist. Oder vielleicht weigert sie sich auch mitzukommen und ist dann sauer auf TJ und mich, wenn wir ohne sie gehen …«

»Mach dir nicht so viele Gedanken, Stella, mein kleiner Stern«, schnurrte Tante Van auf ihre elegante Art. Ich konnte mir lebhaft vorstellen, wie sie gerade in ihrem hypermodern eingerichteten Londoner Büro saß, in irgendwelchen teuren Designerklamotten, Millionen von Meilen weit weg (zumindest kam es mir so vor …) von unserem chaotischen Haus in diesem Küstenort.

»Aber ich kann einfach nichts dagegen tun!«, seufzte ich stirnrunzelnd.

Kannte Tante Van mich nach *dreizehn* vollen Jahren noch immer nicht? Wusste sie nicht, dass ich mir ständig irgendwelche Sorgen machte? Dass es das ideale Hobby von Menschen wie mir ist, die zu übertriebener Schüchternheit neigen? (Okay, ich habe festgestellt, dass ich in letzter Zeit etwas selbstbewusster geworden bin, aber hey – ein Mädchen kann seine Hobbys doch nicht einfach von heute auf morgen aufgeben, oder?)

»Versteh mich nicht falsch, Schatz«, hauchte Tante Van in den Hörer, »aber ich vermute, dass du Rachel gegenüber etwas versäumt hast.«

»Und das wäre?«, fragte ich und vergrub meinen Kopf

samt Hörer unter der Bettdecke, in der Hoffnung, damit einen Teil von Jakes Gekreische ausblenden zu können.

»Vielleicht ist Rachel eingeschnappt. In den letzten Tagen, als sie einiges mitmachen musste, hast du dich wunderbar um sie gekümmert, und heute kam nun dieses neue Mädchen dazwischen, das einen Großteil deiner Aufmerksamkeit auf sich gezogen hat. Durchaus möglich, dass Rachel sauer ist, weil du nicht nach dem Ausgang ihres Arztbesuchs gefragt hast. Ich möchte sie nicht in Schutz nehmen, glaub mir, aber es muss einen Grund geben, warum sie diesem neuen Mädchen gegenüber so abweisend ist …«

Patsch!

Mitten in Tante Vans Erklärungsversuchen traf es mich wie ein Blitz aus heiterem Himmel! Es stimmte! Angesichts all des Wirbels, den Megan den ganzen Nachmittag über veranstaltet hatte, war ich gar nicht richtig dazu gekommen, Rachel zu fragen, wie es ihr beim Arzt ergangen war.

Stimmt, vielleicht ist das der Grund, warum sie Megan gegenüber so negativ eingestellt ist!, dachte ich bestürzt, schlug die Bettdecke zur Seite und setzte mich kerzengerade auf. Ich wollte nicht unhöflich sein, aber ich musste Tante Van so schnell wie möglich abwimmeln, um Rachel anzurufen und die Sache zwischen uns zu klären.

»O Stella, mein Schatz, tut mir leid, aber mein Taxi ist da. Ich muss zur Probe eines Stücks, in dem einer meiner Klienten auftritt. Entschuldige, aber ich muss los«, sagte

Tante Van, während ich im Hintergrund ein ungeduldiges Hupen hörte.

»Kein Problem«, sagte ich und war heilfroh, dass ich mir keine Ausrede einfallen lassen musste, um das Gespräch zu beenden.

»Oh, und noch etwas, Stella …«

»Ja?«

»Ich weiß nicht, welcher deiner beiden Brüder gerade diesen Höllenlärm veranstaltet, aber geh doch mal nachschauen, ob er nicht irgendwo einen Schalter hat, mit dem man sein Gebrüll abstellen könnte!«

Ah, schön wär's …

Zehn Minuten und eine angeregte Unterhaltung später war ich mir ziemlich sicher, dass Rachel Megan einfach nicht mochte – sprich: Ihr abweisendes Verhalten hatte nichts damit zu tun, dass ich vergessen hatte, sie zu fragen, wie es ihr beim Arzt ergangen war.

Hm, eigentlich schade …

»*Bitte* sag, dass wir da nicht hingehen müssen!«, sagte Rachel flehentlich.

»Na ja, du *musst* natürlich nicht mitkommen«, sagte ich und legte mich auf den Rücken, damit Peaches es sich auf meiner Brust bequem machen konnte. »Ich dachte mir nur, dass es ganz lustig werden könnte. Und vielleicht treffen wir auch Megans Schwester, diese Naomi. Hast du keine Lust, dir die neue Freundin deines Bruders anzuschauen?«

Ach, übrigens, der Arzt hatte Rachels Geständnis recht gefasst aufgenommen und ihr keine Vorwürfe gemacht, weil sie ihm dieses total wichtige Detail vorenthalten hatte. Er hatte nur gesagt, dass sie vorläufig keine Medikamente nehmen müsse, bis die endgültigen Untersuchungsergebnisse vorliegen. Er will sie die nächsten Wochen über beobachten, um zu sehen, ob sie weitere Anfälle hat oder nicht. In der Zwischenzeit, so hatte sie ihm versprechen müssen, sollte sie sich möglichst gesund ernähren und ausreichend schlafen, das allein könnte schon eine Menge bewirken.

Nachdem wir das Thema Arzt abgehakt hatten, fragte ich mich, ob ich die Sache mit Megans Einladung am nächsten Morgen ansprechen sollte. Oder war es vielleicht besser, das Ganze zu vergessen und nicht hinzugehen?

Huch, schon wieder ein Dilemma! Doch während ich noch angestrengt überlegte, ob ich Rachel überhaupt von Megans Einladung erzählen sollte, richtete Peaches sich plötzlich auf und beugte sich über mein Gesicht. Sein breiter Katerschädel war direkt über mir. Wollte er mir zu verstehen geben, dass er Hunger hatte, oder hatte er wieder einmal etwas (gespenstisch) Telepathisches im Sinn?

Und genau in diesem Moment platzte ich damit heraus, dass Megan uns in ihren Wohnwagen (mit dem sonderbaren Namen Sneezy Lemon) eingeladen hatte, woraufhin

Rachel sagte, das könne nicht mein Ernst sein. Doch da der gute Peaches zu einem Schnurrmarathon angesetzt hatte, der sowohl seine als auch meine Brust heftig vibrieren ließ, kam ich zu dem Schluss, dass ich vermutlich das Richtige getan hatte.

»Klar würde es mir nichts *ausmachen* zu sehen, mit wem Si rummacht«, sagte Rachel nun. »Aber nicht, wenn es bedeutet, Megans Gesellschaft ertragen zu müssen!«

»Was hast du denn gegen sie?«

»Sie ist … nervig und albern.«

»Albern stimmt!«, sagte ich lachend, weil ich mich daran erinnerte, wie Megan am Morgen auf den Händen quer über die Bühne gelaufen war und bei der Kunstausstellung mit Ellie Walzer getanzt hatte.

»Werde endlich erwachsen, Stella!«, schnaubte Rachel in ihrem widerlich überheblichen Tonfall.

Kleine Blasen von Wut und Gekränktsein blubberten durch meine Brust. Kein Mensch hatte sich bisher mir gegenüber diesen Tonfall erlaubt! Okay, Frankie und Neisha aus meiner alten Clique in London riskierten auch manchmal eine freche Lippe und zogen mich auf oder kritisierten mich, doch das war nur zum Spaß, nicht um mich zu verletzen.

»Na schön, dann tschüs«, sagte ich kurz angebunden mit meiner Lass-mich-in-Ruhe-Stimme und legte wütend auf.

Tränen der Empörung schossen mir in die Augen.

»Warum ist Rachel so?«, fragte ich Peaches, der seine Schnauze praktisch auf mein Kinn gebettet hatte. »Ich war doch immer nett zu ihr. Hab ich nicht sogar dabei mitgeholfen, sie vor dem *Ertrinken* zu retten?«

»Brrrrrrr …«, schnurrte Peaches, als ich in Gedanken zu Rachels erstem Anfall zurückkehrte, bei dem sie im Freibad am Strand ins Wasser gefallen und bewusstlos auf den Grund gesunken war. Gut möglich, dass der Bademeister sie heraufgeholt hätte, wenn TJ und ich nicht sofort zur Stelle gewesen wären. Aber was, wenn er zu spät gekommen wäre …? Und was war der Dank dafür? Rachel verfiel wieder in ihren miesen alten Umgangston, den sie sich in der Clique von Kayleigh und Co angewöhnt hatte, und behandelte mich wie den letzten Dreck.

»Und was soll ›brrrrr‹ bitte schön für eine Antwort sein?«, fragte ich säuerlich und hob den Kopf gerade so weit hoch, dass ich Peaches in die Augen schauen konnte, was mir sicher ein äußerst attraktives Doppelkinn verlieh. »Und außerdem bist du an allem schuld! Du hast mich glauben lassen, Rachel wäre okay!«

Peaches würdigte mich lediglich eines breiten, nach Tunfisch stinkenden Gähnens, ehe er mit einem Satz von meiner Brust sprang, auf das offene Fenster zustolzierte und mich mit meinen wirren Gedanken allein ließ.

»Schönen Dank auch!«, rief ich ihm nach und überlegte mir, wie ich an die Nummer der örtlichen Psychiatrie kommen könnte, die sich hoffentlich auf das Gebiet »Patienten, die sich einbilden, mit ihrer Katze kommunizieren zu können« spezialisiert hatte.

Peaches ignorierte mich auch weiterhin und sprang mit einem Satz auf das Fensterbrett – warf aber gnädigerweise noch einmal einen Blick zurück, als mein Handy plötzlich zu bimmeln anfing.

»Nein, ich gehe nicht dran«, erklärte ich Peaches, nachdem ich auf dem neongrünen Display Rachels Nummer entdeckt hatte.

Acht Klingeltöne lang starrte Peaches mich mit seinen grünen Augen an, als wollte er mich hypnotisch dazu zwingen, meinen Stolz zu vergessen und mir anzuhören, was Rachel zu sagen hatte.

Scheue Rehe wie ich können manchmal ganz schön dickköpfig sein. Deshalb ignorierte ich das Handygebimmel und Peaches' Blick und schnappte mir eine Zeitschrift vom Nachttisch.

Erst nach einigen Minuten und weiteren wütenden Gedanken stellte ich fest, dass ich die Zeitschrift verkehrt herum hielt – und dass Peaches mich von der Fensterbank aus unverwandt anstarrte.

»Is' was?«, fauchte ich und hörte im gleichen Moment den Piepton, der eine eingehende SMS meldete.

Vielleicht war sie von Frankie oder Neisha oder einer

meiner anderen Londoner Freundinnen, die mir eine »Na-wie-geht's-denn-so«-SMS schickte ... Aber nein – sie war von Rachel!

»SORRY!! Wann gehen wir morgen zu M? Rach x«

Okay, eine förmliche Entschuldigung war es nicht direkt, aber vielleicht sollte man ein Sorry, besonders wenn es in Großbuchstaben geschrieben war, doch annehmen ...

Soll ich noch mal ein Auge zudrücken?, fragte ich mich, während ich noch auf die SMS starrte.

»Brrrrrp!«, brrrrpte Peaches, ehe er mit einem eleganten Satz vom Fenster auf das darunter liegende Küchendach hüpfte und wieder mal vermutlich für längere Zeit zu einem seiner Streifzüge verschwand.

Hmmm, man könnte *fast* annehmen, dass er meine Gedanken gelesen hatte und sein »Brrrrrp!« eine Antwort darauf gewesen war. Man könnte aber genauso gut sagen, dass ich mir *umgehend* die Gelben Seiten vornehmen sollte, um die Telefonnummer dieser psychiatrischen Klinik nachzuschlagen ...

6. Kapitel
Eine Gänsehaut der besonderen Art

Also, wie sieht's aus?«, fragte TJ und legte vier Eintrittskarten auf die Plastiktischdecke des Küchentischs im Wohnwagen. Der Wohnwagen hieß übrigens *Seeanemone*, nicht *Sneezy Lemon*. (Ich muss Sand in den Ohren gehabt haben.)

Rachel verzog das Gesicht. »Heute Abend? Meinetwegen. Hauptsache, ich kann für eine Weile meiner meckernden Mutter entkommen!«, antwortete sie auf TJs Frage.

(Anmerkung: Rachel sieht selbst dann noch gut aus, wenn sie wie eben eine Grimasse schneidet – nämlich wie eine elegante Siamkatze. Wenn *ich* dagegen eine Grimasse schneide, sehe ich aus, als hätte jemand meine einzelnen Gesichtsteile auseinander genommen und anschließend nicht richtig zusammengesetzt!)

TJ versuchte offenbar, weitere Interessenten für die abendliche Vorführung von *Das Brüllen des Regenwalds* zu finden. Ich hatte bereits zugesagt, und nun schien auch Rachel – eher widerwillig – dazu bereit zu sein. Megan dagegen zupfte nervös an der Rollladenschnur des Wohnwagenfensters herum und schien sich nicht angesprochen zu fühlen.

»Megan?«

Als TJ ihren Namen sagte, lief Megan vor Freude rot an und grinste von einem Ohr zum anderen. Doch dann erlosch ihr Lächeln ebenso plötzlich, wie es gekommen war.

»Oh, verflixt – es geht nicht! Ich muss wieder mal Naomis Alibi spielen. Sie hat sich schon eine komplette Story ausgedacht und Mum und Dad erzählt. Und sie hat ihnen gesagt, dass wir um acht zurück sein würden.«

»Macht nichts«, sagte TJ mit einem gleichgültigen Achselzucken und steckte die Karten wieder ein – ohne Megans enttäuschte Miene zu bemerken.

Dafür bemerkten wir *alle*, dass Rachel plötzlich nach Luft schnappte …

»*Igiiiiitt!* Hat Bob wieder mal Katzenfutter bekommen?«, schnaubte sie angewidert.

»Nö, er ist auf dem Weg hierher nur kurz in einen Tümpel gehüpft«, antwortete TJ gelassen.

»Was für ein Tümpel? Einer, in dem eine *Leiche* lag?«

»Das nicht – aber etwas abgestanden sah das Wasser schon aus, glaube ich«, räumte TJ ein.

»Es sind ganz viele Mücken darauf herumgeflogen«, erklärte Ellie sehr ernst, während ihre blauen Kinderaugen weiterhin fasziniert durch den Wohnwagen schweiften.

»Kein Problem – ich mache noch ein Fenster auf.«

Und schon kniete Megan auf der gepolsterten Eckbank, die sich am anderen Ende des Wohnwagens über drei Seiten erstreckte, und fummelte am Fenstergriff herum.

Bob, dem völlig entging, dass er an der plötzlichen Aufregung schuld war, lag zufrieden hechelnd auf dem hellen Wollteppich.

»Ich weiß was Besseres«, sagte TJ, erhob sich und ging zur Tür. »Bob! Wo ist der Ball? Ist er da draußen?«

Er tat so, als würde er einen Tennisball ins Freie werfen. Bob fiel darauf herein, denn er machte einen Satz und flitzte zur Wohnwagentür hinaus, die prompt hinter ihm zugeschlagen wurde.

»Der arme Bob«, sagte ich mitfühlend.

»Der freut sich«, versicherte mir TJ und kehrte zu uns an den Tisch zurück. »Eine Zeit lang wird er versuchen, den nicht vorhandenen Ball zu finden, aber irgendwann entdeckt er ein Insekt oder einen Staubfussel und jagt dem nach!«

»Euer Haus ist gar nicht *soooo* klein, wie ich gedacht habe!«

Dieser Satz kam von Ellie, der man ihre Enttäuschung ansehen konnte. Wahrscheinlich hatte sie gehofft, mausgroße Etagenbetten und Tassen in Fingerhutgröße vorzufinden.

»Ja, aber es ist trotzdem ganz niedlich, nicht wahr, Ellie?«

Ich fand, das war ich Megan schuldig – von außen war der Wohnwagen *Seeanemone* zwar ein großer, hässlicher Blechkasten, aber innen war er wirklich ganz hübsch eingerichtet. Jeder Millimeter war sinnvoll ausgenutzt, alles wirkte ordentlich, und das Mobiliar bestand aus hellem – sandfarbenem – Holz, das vermutlich sogar vor den Augen meiner trendigen Tante Van Gnade gefunden hätte.

»Ich finde es toll, wenn ich morgens vom oberen Bett aus zum Fenster hinausschauen und die Möwen beobachten kann«, sagte Megan schmunzelnd. »Von meinem Zimmer zu Hause aus sehe ich nur auf das nächste Hochhaus.«

Megans Zimmer hier hatten wir noch nicht gesehen – sie teilte es mit Naomi, und die schlief noch, obwohl es schon nach elf war. Die Schlafkoje von Megans Eltern hatten wir besichtigen dürfen (sie war so groß – beziehungsweise klein –, dass man sich gerade mal um die eigene Achse drehen konnte). Die Eltern selbst hatten wir nicht gesehen, da sie schon auf einer Wanderung waren – sie wollten eine Höhle aus der Eisenzeit oder etwas Ähnliches besichtigen.

»Siehst du Josephs Haus da unten?«, sagte ich und deutete auf die alte Villa, die einsam und verlassen an der früheren Piratenbucht, der Sugar Bay, lag. »Die alte Frau, die dort aufgewachsen ist, hieß übrigens Elize Grainger, und sie hatte sich gewünscht, hier oben ein Ferienheim für unterprivilegierte Kinder aus der Stadt zu bauen. Leider konnte sie ihren Plan nicht in die Tat umsetzen, was irgendwie schade ist …«

»Aber ihr Traum ist *trotzdem* irgendwie wahr geworden, finde ich!«, meinte Megan grinsend.

Hä – hatte sie mir denn nicht zugehört? Ich hatte einen Narren an Elize gefressen, seit ich so vieles über sie und ihr Leben herausgefunden hatte, und auch weil sie bis ins hohe Alter in dem Haus gewohnt hatte, das wir nun gekauft haben, aber eines stand fest: Sie hatte ihren Traum nicht verwirklichen können. Es war ihr nie gelungen, Josephs Haus zu verkaufen, und nur dann hätte sie das nötige Geld für ihr Projekt gehabt. Stattdessen lag es seit vielen Jahrzehnten in einem Dornröschenschlaf und war nach und nach verfallen.

»Na ja, ich bin nicht direkt *unterprivilegiert*, aber sehr reich sind meine Eltern auch nicht«, gab Megan zu bedenken. »Mit Naomi und mir ins Ausland zu fahren oder ein teures Hotel können sie sich nicht leisten. Deshalb machen wir immer Campingurlaub, jedes Mal an einem anderen Ort. Und es ist immer SPITZE. Na ja, meistens … Diesmal ist es etwas anderes, weil Naomi dauernd mit ihrem neuen Freund rumzieht und …«

»Himmel! Hat einer von euch eine Stinkbombe in der Tasche?«

Wir hatten eine Erscheinung! Diese stand unter der Tür, die in das gemeinsame Zimmer von Megan und Naomi führte, wie wir inzwischen wussten. Und sie trug ein zartlila Oberteil und eine geblümte, tief sitzende Pyjamahose und ums Handgelenk etliche geflochtene Lederschnüre. Die Erscheinung hatte blonde, wirre Haare, denen man die Bettschwere noch ansah und in denen sie sich schlaftrunken kratzte. Sie sah noch sehr verschlafen aus, was vielleicht auch an den Make-up-Ringen unter ihren Augen lag, doch sie sah – genau wie Rachel, auch wenn sie das Gesicht verzog – beneidenswert gut – nein, absolut *umwerfend* aus.

Fast hätte ich den Arm ausgestreckt, um TJs Kinnlade wieder zuzuklappen. Hätte mich nicht gewundert, wenn er gleich auch noch die Zunge herausgehängt und angefangen hätte zu hecheln, ähnlich wie Bob beim Anblick einer Dose Katzenfutter.

»Hallo, Naomi!«, sagte Megan, sichtlich erfreut über das Auftauchen ihrer Schwester. »Es war nur TJs Hund, aber ich habe das Fenster schon aufgemacht. Müsste bald wieder okay sein. Ach, übrigens, das sind meine neuen Freunde: Stella, TJ und das ist Rachel!«

»Ah, gut. Hm … hallo«, murmelte Naomi geistesabwesend, nahm sich ein Glas und durchsuchte den Kühlschrank, der sich in einem schmalen Schrank verbarg, nach einer Flasche Orangensaft. »Hör mal, Megan, für heute Abend gibt es eine kleine Programmänderung. Si und ich wollen mit seinen Kumpels am Spätnachmittag nach Westbay fahren, ins Kino, und anschließend noch eine Pizza essen gehen. Ich werde also erst gegen neun wieder in Portbay sein, was heißt, dass wir uns gegen neun an der üblichen Bank treffen, okay?«

Ich warf einen kurzen Blick auf Rachel, um zu sehen,

wie sie Naomi und die Erwähnung ihres Bruders aufnahm. Ich glaube, es ist nicht übertrieben, wenn ich sage, dass sie platt war. Die amtierende Teenie-Prinzessin von Portbay hatte gerade ihre (zwei Jahre ältere) Entsprechung gefunden, und diese war zudem auch noch mit ihrem Bruder liiert.

»Das ist ja echt spät … dann sind wir höchstens gegen halb zehn hier – falls du überhaupt pünktlich bist! Mum und Dad werden AUSFLIPPEN!«, meinte Megan besorgt.

»Ach, das kriegen wir schon hin«, meinte Naomi gähnend. »Ich denk mir noch was aus. Ich werde sagen, dass du mit deinen Freunden irgendwohin gehst und ihr mich unbedingt mitschleppen wollt!«

»Meine Mutter tritt heute Abend in einem Theaterstück auf – und Stella, Rachel und ich gehen da hin«, teilte TJ ihr freimütig mit.

»Ach ja? Wo? Und wann fängt es an?«, fragte Naomi und blinzelte TJ interessiert an, was den armen Kerl bis zu den Wurzeln seiner weichen braunen Haare erröten ließ.

»Im Rathaus. Von acht bis halb zehn«, brummte TJ, völlig eingeschüchtert von Naomis selbstbewusster Art.

»Super – das werden uns Mum und Dad abkaufen«, murmelte Naomi zufrieden und nippte an ihrem Glas. »Ich werde es ihnen verklickern, sobald sie von ihrer Tour zurückkommen.«

Megan biss sich auf die Unterlippe, als würde sie sich a)

Sorgen machen, was ihre große Schwester sich nun wieder ausdenken würde, und b) sich nicht trauen, nein zu ihr zu sagen. Oder vielleicht lag es c) daran, dass sie sich fragte, wie sie die vielen einsamen Stunden ausfüllen sollte …?

TJ ging offenbar davon aus, dass es sich um Fall c) handelte.

»Hey, das bedeutet doch, dass du heute Abend zur Aufführung mitkommen kannst, oder, Megan?«

»Ach ja, stimmt – gut.« Megan lächelte TJ kurz an, ehe sie sich wieder ihrer großen Schwester zuwandte. »Naomi, erinnerst du dich noch daran, was ich dir gestern von Rachel erzählt habe? Dass sie Simons Schwester ist?«

Endlich eine Info, die offenbar bis in Naomis verschlafenes Gehirn durchdrang. Ihr zerzauster Haarschopf tauchte noch einmal hinter der Tür auf. Naomi beäugte uns interessiert, ehe ihr Blick an Rachel hängen blieb.

»Das mit Simon und mir muss geheim bleiben, verstanden? Ich hoffe, du kannst es für dich behalten.«

»Hmmm …«, murmelte Rachel, sichtlich irritiert über diesen unverblümten Befehlston. »Meinetwegen.«

»Hey! Hat jemand von euch Lust, zur Sugar Bay zu gehen und sich die alte Villa anzuschauen? Das wäre doch SPITZE, oder?«, sagte Megan mit einem verlegenen Lächeln. War es ihr peinlich, dass Naomi so barsch zu Rachel gewesen war?

»Klingt gut – gehen wir!«, sagte ich begeistert und

wünschte mir auf einmal nichts sehnlicher, als aus diesem nach Hund stinkenden und mit schlechten Schwingungen verseuchten Wohnwagen heraus und an die frische, windige Seeluft in der Sugar Bay zu kommen …

»SPITZE!, dass mein Vater dieses Ding hier heute nicht mitgenommen hat!«

»Lass mich mal! Weißt du überhaupt, wie man es einschaltet?«, fragte TJ und nahm Megan den Metalldetektor aus den Händen.

»Da … Und dann muss man langsam damit am Strand entlanggehen und es von einer Seite zur anderen schwenken.«

»Ha! Mit diesem aufgemotzten Staubwedel werdet ihr nie im Leben etwas finden!«, sagte Rachel höhnisch, ehe sie gelangweilt zu Ellie ging, die kleine Blumen pflückte, die sich zwischen den vom Meer glatt geschliffenen Kieselsteinen hervorgekämpft hatten.

»Ach ja? Wieso piepst er dann?«, rief TJ ihr über seine Schulter hinweg zu. »Da muss definitiv etwas sein!«

Den ganzen Morgen über hatte sich Rachel von ihrer besten Seite gezeigt, wahrscheinlich um sich für ihre gestrige Schroffheit zu entschuldigen. Aber inzwischen hatte ich den Eindruck, dass sie genug von diesem Verstellspiel hatte und allmählich wieder in ihr altes Verhaltensmuster zurückfiel. Als wir vorhin durch Josephs Haus geschlendert waren und Megan unter anderem den heruntergekommenen Ballsaal gezeigt hatten, den es bald nicht mehr geben würde, falls die Villa wie geplant abgerissen wurde, hatte Rachel nur verächtlich geschnaubt, als Megan den großen Kristallkronleuchter als »waaahnsinnig RIESIGES Teil« bezeichnet hatte.

»Du, hör mal, ich glaube, ich muss mich für Rachel entschuldigen. Sie ist nicht so gemein, wie sie sich manchmal gibt«, hörte ich mich unversehens zu Megan sagen, sobald Rachel außer Hörweite war.

TJ war ebenfalls außer Hörweite und führte den Metalldetektor spazieren, immer schön brav von einer Seite zur anderen, während Bob aufgeregt um ihn herumhüpfte, um endlich herauszufinden, um was für eine seltsame Tierform es sich bei dem Teil handelte.

Ich wollte nicht, dass TJ mitbekommen hätte, was ich gerade gesagt hatte; Rachel gegenüber war er lange wesentlich skeptischer gewesen als ich. Und deshalb wäre es schade gewesen, wenn er seine inzwischen ganz gute Meinung über sie wieder revidiert hätte – obschon ich selbst allmählich auch dazu neigte …

»Ist schon okay, bin ich gewöhnt«, sagte Megan und zuckte mit den Schultern, während sie ein paar Kieselsteine zur Seite kickte. »Rachel erinnert mich an Naomi, zumindest die Art, wie sie spricht. Na ja, vielleicht sind alle hübschen Mädchen so! *Du* aber komischerweise nicht …«

Im ersten Moment wurde ich sauer bei der Vorstellung, dass man »hübschen« Mädchen ihr fieses Verhalten durchgehen lassen sollte. Nicht mit mir! Ich war wild entschlossen, es bei Rachel nicht zu tolerieren, sei es nun mir, Megan oder sonst jemand gegenüber. Doch als Megan mich zum Schluss noch mit diesem Kompliment bedachte – ebenso beiläufig wie Rachel, wenn sie wieder mal eine ihrer sarkastischen Bemerkungen fallen ließ – nahm mir das natürlich allen Wind aus den Segeln, und ich wurde rot und verlegen.

»Hey, in einer der Broschüren im Wohnwagen steht, dass es hier früher mal Piraten und Schmuggler gab!«, sagte Megan und wechselte damit zum Glück das Thema. »Stimmt das?«

»Ja – im Museum von Portbay kannst du noch mehr darüber erfahren.«

(Mein benebeltes Gehirn schweifte von den Kisten mit alten Münzen, die im Museum zu sehen waren, zu dem einzigen Piraten, den ich jemals aus der Nähe gesehen hatte – dem lebensgroßen Plastikpiraten, der vor dem Minigolfplatz stand und »Yo-ho-ho« lachte.)

»Die kleine Bucht hier ist wirklich ein ideales Versteck für einen Schatz, nicht wahr?«, sagte Megan grinsend und ging etwas schneller. Wir steuerten TJ an, um uns zu erkundigen, ob der Metalldetektor schon irgendwelche Erfolgsmeldungen von sich gegeben hatte. »Wenn wir einen vergrabenen Schatz finden, hätten wir vielleicht genügend Geld, um den großen, tollen Kronleuchter aus der Villa zu retten, ehe die Bulldozer anrücken.«

»Gute Idee«, sagte ich grinsend. »Hey, schau, ich glaube, TJ hat etwas entdeckt. Aber ich wette, es handelt sich eher um ein paar alte Coladosen als um einen Korb unschätzbar wertvoller spanischer Dublonen!«

»Ich weiß nicht, was Dublonen sind«, verkündete Megan fröhlich, »aber ich *weiß*, dass der Metalldetektor etwas aufgespürt hat!«

»Woher weißt du das?«, fragte ich und eine Gänsehaut huschte über meinen Rücken.

Das war mir schon einige Male passiert, seit ich in diese komische Kleinstadt gezogen war. Peaches' unheimliche Art führte bisweilen dazu, dass sich die Härchen an meinen Armen und in meinem Nacken aufrichteten. Und manchmal bekam ich auch eine Gänsehaut, wenn ich Josephs Haus erforschte – wie zum Beispiel letzte Woche, als Rachel in eine ihrer merkwürdigen »Trancen« gefallen war, verbunden mit Zittern und glasigen Augen. Ich meine nicht ihre epilepsieähnlichen Anfälle, sondern diese sonderbaren, übersinnlichen Anwandlungen, die sie seit ihrem ersten Anfall gelegentlich hat. Bei dem letzte Woche hatte sie behauptet, sie »sähe« zwei Kinder, die hinter den längst verschwundenen roten Samtvorhängen im Ballsaal Verstecken spielen …

Gehörte Megan etwa auch zu diesen übersinnlich begabten Menschen?

»Bobs Halsband«, sagte sie grinsend.

»Was?«

»Bobs Halsband. Gleich als TJ den Detektor eingeschaltet hatte, hat er auf die Metallschnalle und das Nummernschild im Halsband angesprochen. Das ist die Spur, die TJ gerade verbissen verfolgt, und da Bob dauernd um den Detektor herumrennt, kann das Spielchen noch Stunden dauern!«

»Sollen wir ihn aufklären?«, fragte ich hinter vorgehaltener Hand, da ich nicht wollte, dass TJ mich grinsen sah, falls er sich zufällig umdrehen würde.

»Wieso auch? Ist doch ganz lustig!« Megan strahlte mich an.

Aha, Megan war zwar nicht übersinnlich begabt, aber wie ich nun mitbekam, war sie auch nicht *nur* die verrückte, laute, irritierende, Rad schlagende, oberflächliche Tussi oder als was immer Rachel und TJ sie auch abgestempelt hatten. Sinn für Humor hatte sie offenbar auch.

Wenn Rachel ihr doch nur eine Chance geben würde!, dachte ich mir. Aber wie konnte ich Rachel dazu bringen?

»TJ! Stella! Da stimmt etwas nicht!«, rief Ellie plötzlich mit schrillem Stimmchen.

TJ ließ den Detektor fallen und drehte sich ebenso erschrocken zu ihr um wie Megan und ich.

Ellie stand aufrecht da, ein winziges Blumensträußchen in den Fingern, und starrte mit großen Augen auf eine aschfahle, stocksteif dastehende Rachel, deren Blick bewegungslos auf eine kleine, feuchte Sanddüne gerichtet war.

In Augenblicken der Panik schießen einem die verrücktesten Gedanken durch den Kopf – anders lässt es sich nicht erklären, dass ich in der ersten Sekunde nur dachte, dass Rachel ein wesentlich besseres menschliches Standbild abgeben würde als der zappelige, blinzelnde Typ drüben auf der Strandpromenade …

Doch Megan riss mich rasch wieder aus dieser (völlig unangebrachten) Verzauberung. »O Gott, hat Rachel wieder einen ihrer Anfälle?«, keuchte sie erschrocken und rannte zu ihr.

»Nein, es ist kein Anfall … es ist etwas anderes, das sie manchmal hat«, erklärte ich Megan während des Laufens.

»Es ist nur so eine Anwandlung, die ganz schnell vorbeigeht«, sagte TJ, der als Erster bei Rachel angelangt war und ihr nun beschützend einen Arm um die Taille legte, für den Fall, dass sie anfangen würde zu schwanken. »Was ist los, Rach? Was siehst du?«

»Ich … ich weiß nicht«, stammelte Rachel, ohne die Augen von der fraglichen Stelle zu heben. Sie wirkte so verwirrt und verängstigt wie neulich. »Da ist etwas … unter dem Sand … Vielleicht brauchst du den Detektor.«

Das ließ sich TJ nicht zweimal sagen. Rasch eilte er zu

dem Metallgerät zurück, das er achtlos in den Sand geworfen hatte und das Bob brav bewacht hatte. TJ brachte es her und schaltete es wieder ein.

»Ellie, sei so lieb und schnapp dir Bob, und geh ein paar Schritte weit weg von uns!«, sagte ich zu ihr, weil mir eingefallen war, dass Bob (und sein Halsband) sich störend auf die Suche auswirken würden.

Piiiiep! Piiiiiep! Brrrrrr-Liiiiiiiiip!

Bob hatte den Detektor nur ein paar Mal hin- und hergeschwenkt, und schon drehte das Teil durch, direkt über der Stelle, die Rachel so intensiv anstarrte.

»Hat jemand zufällig einen Spaten dabei?«, fragte TJ, wohl wissend, dass das nicht der Fall war. »Okay – dann musst du ran, Bob! Komm her, mein Junge! Graben! Sei ein guter Hund!« Er fiel auf die Knie und begann mit beiden Händen zu buddeln. »Komm, hilf mir, Bob. Mach es genau wie ich, grab!«

TJ hatte nur eine Hand voll Sand in die Finger nehmen müssen, schon hatte Bob begriffen. Er riss sich von Ellie los und machte sich an die Arbeit.

Der Sandhügel wurde immer höher und höher und Bobs pelzige Pfoten gruben immer tiefer und tiefer, während wir alle wie gebannt auf den feuchten, goldfarbenen Sand starrten. Was bekämen wir gleich zu sehen? Hoffentlich nicht nur eine Muschel, einen Kieselstein oder eine zappelnde, uns unbekannte Käferart …

»Da ist was!«, quiekte Ellie plötzlich. »Da!«

Ihre zarten Fingerchen durchwühlten den Sandhaufen … und zogen eine Kette heraus. Sie war matt, vermutlich weil sie so alt und so lange vergraben gewesen war, doch ein paar einzelne, schimmernde Stellen ließen erahnen, dass sie aus Gold bestehen musste.

»Ah, da hängt so ein … wie nennt ihr Mädchen das noch mal?«, fragte TJ, während er die Kette behutsam aus Ellies Fingern nahm.

»Medaillon!«, murmelte ich, griff nach dem ovalen Anhänger und rieb den Sand ab, bis die eingravierten Schnörkel um einen kunstvoll eingeritzten Buchstaben herum sichtbar wurden.

»Was ist das? Ein H?« Stirnrunzelnd blickte Megan mir über die Schulter.

»Nein«, sagte ich leise und mein Herz schlug plötzlich einen Trommelwirbel. »Es ist ein E!«

Das änderte nichts an Megans Gesichtsausdruck. Verständlich, nicht wahr? Was konnte sie mit diesem E schon anfangen? Für sie konnte es für Ellen oder Elisabeth oder Erika oder hundert andere Vornamen stehen. Für mich aber konnte die Tatsache, dass wir das Medaillon a) hier gefunden hatten, so nah bei Josephs Haus, sowie b), dass Rachel so ›entrückt‹ gewesen war wie neulich, nur eines bedeuten.

»Ich glaube, das E steht für Elize«, sagte ich und spürte

nun schon zum zweiten Mal innerhalb von fünf Minuten einen kalten Schauer über meinen Rücken huschen.

»Moment mal!«, sagte Rachel plötzlich, hob den Kopf und sah zum Glück wieder ganz normal aus. »Woher *weißt* du, dass ich schon mal einen Anfall hatte?«

Herausfordernd blickte sie Megan an. Und ich ertappte mich, dass ich das auch tat. Stimmt – woher wusste Megan von Rachels Anfällen? Von uns jedenfalls *nicht* …

»Ich habe dir doch schon erzählt, dass ich im Café war, als du am Samstag diesen Madonna-Song vorgesungen hast«, sagte Megan etwas betreten.

»Es war ein Lied von *Kylie*!«, erklärte Rachel ihr nun schon zum zweiten Mal.

»Tja, das war nicht das erste Mal gewesen! Ich habe dich von der Strandpromenade aus gesehen, als du das Lied davor schon mal gesungen hast …«

Ach ja – damals hatten sich Scharen von Passanten vor dem Café versammelt. Urlauber, die sich das Mädchen mit der phantastischen Stimme anschauen wollten und natürlich keine Ahnung hatten, dass sie gleich ohnmächtig zu Boden sinken würde …

»… und damals bist du bewusstlos geworden«, fuhr Megan zögernd fort, als fürchte sie, Rachel könne sich darüber aufregen. »Meine Mum ist gleich zu dir gerannt und hat dir geholfen, noch bevor der Krankenwagen eintraf. Sie ist Krankenschwester, weißt du, und …«

Ich hatte mich gefragt, wie wir Rachel dazu bringen könnten, Megan eine Chance zu geben. Hey, das hatte sich hiermit wohl erübrigt. Rachel blinzelte Megan an, während ihr klar wurde, dass es echt nett von Megan gewesen war, gestern beim Kennenlernen nicht gleich damit herauszuplatzen, vermutlich aus Rücksicht auf Rachels Gefühle.

Super! Wie es aussah, standen uns vier (beziehungsweise vier plus zwei Halbe, wenn man Ellie und Bob mitzählte) für den Rest der Woche ein paar interessante Tage bevor. Sollten wir noch ein bisschen hier bleiben, um zu sehen, was der Metalldetektor – oder Rachel – noch alles aufstöbern würde?

Wir vier »Großen« und Ellie blickten uns stumm an, während unsere Köpfe erst noch verarbeiten mussten, was sich uns in den letzten paar Minuten enthüllt hatte. Bob buddelte derweil wie ein Weltmeister weiter. Hey, wollte er etwa auf direktem Weg nach Australien?

7. Kapitel
Ein vertrautes Gesicht (von vor hundert Jahren …)

Peaches blinzelte nur und wurde ärgerlicherweise immer ruhiger und gelassener, je mehr ich mich abmühte und aufregte.

»Es geht verflixt nochmal nicht *auf*!«, knurrte ich schließlich, nachdem ich mir bei dem Versuch, das Medaillon zu öffnen, fast die Fingernägel abgebrochen hätte. Doch das verflixte Ding wollte sein Geheimnis einfach nicht preisgeben.

Die Sugar Bay und der sonderbare Morgen lagen inzwischen hinter uns, und wir wollten uns am späten Nachmittag wieder treffen. (Richtig, am Abend wollten wir zusammen zur Aufführung von TJs Mutter gehen – hey, unser Zeitplan war ziemlich eng …)

Aber vorher war ich noch mit Mum und den Zwillingen unterwegs gewesen. Ich hatte versprochen, sie zu begleiten, weil sie für die Jungs Schuhe kaufen wollte. (Dafür musste man zu zweit sein, und selbst dann hätte man noch ein Lasso gebraucht); Rachel hatte *ihrer* Mutter versprochen, zum Mittagessen nach Hause zu kommen und sich anschließend ein bisschen auszuruhen (Mrs Riley nahm den Rat mit den ordentlichen Mahlzeiten und dem Ausruhen sehr ernst); TJ hatte *seiner* Mutter versprochen, Ellie zu ihrer zusätzlichen Stepptanzstunde bei Mr Harper zu bringen (der ihr für die Endausscheidung am Freitag den letzten Schliff geben sollte); und Megan hatte *ihrer* Mutter versprochen, nicht von Naomis Seite zu weichen (Naomi war im Moment wohl schon im benachbarten Westbay, während Megan, die Arme, vermutlich einsam und allein durch Portbay schlenderte, schon wieder …).

Nun, nachdem der Schuhkauf-Horrortrip überstanden war und die Zwillinge ihr Mittagsschläfchen hielten – vermutlich träumten sie davon, wie sie restlos erschöpften Schuhverkäuferinnen winzige Turnschuhe an den Kopf warfen –, hatte ich mich in die Ruhe meines Gartenhäuschens zurückgezogen, wo ich im Moment am *Ausrasten* war, weil sich das doofe Medaillon einfach nicht öffnen ließ!

Der Verschluss war sicher total eingerostet. (Könnte am Salz liegen … aber konnte Salz auch Gold zusetzen? Tja, das wüsste ich, wenn ich in Chemie besser aufgepasst hätte, nicht wahr?) Wenn ich nur nachschauen könnte, ob überhaupt etwas darin war. Das würde die große Frage, ob diese Halskette mit Anhänger wirklich E wie Elize gehört hatte, vermutlich klären …

»Glotz mich nicht so doof an – *hilf* mir!«, flehte ich Peaches an, schob das Medaillon unter eine seiner stämmigen Pfoten und hoffte, dass er das verflixte Ding mit einem flinken Prankenhieb öffnen und mir somit weiteren Frust ersparen könnte.

Aber Peaches war offenbar nicht gewillt, mir zu helfen. Ungerührt schob er seine Pfoten unter seinen dicken, pelzigen Bauch und schaute blinzelnd durch das kleine Fenster auf das Gestrüpp in unserem Garten. Als die Sonne durch die drei kleinen, ungleichen, einzelnen Glasscheiben schien, sah sein grünes Auge plötzlich wie ein olivgrünsonnengelb gesprenkeltes Mosaik aus. Plötzlich fiel mir etwas ein …

Ich legte das Medaillon auf den Schreibtisch, stand auf und inspizierte den … hm, *Kram* halt, der auf meinem Regal lag beziehungsweise stand. Die Schätze, die ich dort hortete, bestanden aus allem Möglichen – Zeichnungen und Bildern und Fotos und Kerzen und sonstigem Schnickschnack, den ich aus unserer alten Wohnung in Kentish Town mitgebracht hatte. Und der Rest meiner Sammlung bestand aus ungewöhnlichem Krimskrams, den ich hier im Gartenhäuschen gefunden hatte, als Dad und ich neulich eine große Ausmist-Aktion gemacht hatten. Diese Sachen stammten alle von Elize Grainger, die mein Gartenhäuschen offensichtlich als Atelier benutzt hatte, aber das war schon sehr, sehr lange her.

Natürlich lagen auch ein paar Sachen da, die ich selbst gesammelt hatte, seit wir hier in Portbay wohnten, die üblichen Souvenirs, die man am Strand findet, zum Beispiel weiße Muscheln und bläulich schwarze Kieselsteine und … und das Bruchstück einer grün-gelben Kachel, das ich verstaubt und vergessen ganz hinten im offenen Kamin des Ballsaals in Josephs Haus entdeckt hatte.

Der Rest dieser Kachel und jede Menge noch intakter Kacheln dieser Art befanden sich längst in einem Ausstellungsraum des Museums von Portbay, wo der Ballsaal nachgebaut und mit Originalgegenständen ausgestattet worden war, um den Besuchern vor Augen zu führen, wie ein vornehmer Ballsaal um 1800 ausgesehen hatte und wie man sich darin fühlte. Das Museum hatte zum Glück eine Menge der Original-Einrichtungsgegenstände aus Josephs Haus gerettet, ehe sie vom Zahn der Zeit angenagt worden wären oder jugendlichen Vandalen und nun bald der Abbruchkolonne zum Opfer gefallen wären.

»Brrrrp!«, brrrrpte Peaches und fixierte mich mit seinem Mosaikauge.

Aber vielleicht gab es ja noch ein paar mehr wertvolle Dinge aus Josephs Haus und aus Elizes Vergangenheit, die ins Museum gebracht werden sollten, bevor es zu spät war, und von denen vermutlich nur *ich* wusste.

»Okay, schon gut«, sagte ich zu Peaches, weil sich unter seinem prüfenden Blick mein schlechtes Gewissen geregt hatte.

Ich holte die Scherbe der Kachel von meinem Regal, kehrte damit an meinen Schreibtisch zurück und wühlte in der Schublade nach einem Foto, das irgendwo sein musste …

»›Elize und Joseph, Freunde auf ewig, 1841‹ …«, murmelte die Leiterin des Museums, als sie das Foto in ihrer Hand betrachtete.

Dieses Foto von dem in die Fensterbank eingeritzten Spruch hatte ich vor etwa zwei Wochen in Josephs Haus gemacht, kurz nach meiner Ankunft in Portbay, als Frankie aus London angereist war, um mich zu besuchen. Uns hatte diese Schnitzerei so gut gefallen, dass ich gleich am nächsten Tag *Stella + Frankie, Freundinnen auf ewig, 2005* in die Fensterbank meines Gartenhäuschens geritzt hatte.

»Wie entzückend! Wir schicken jemanden in die alte Villa, um es zu überprüfen, sobald der Betreffende Zeit hat«, sagte die Leiterin mit einem ermutigenden Lächeln. »Und über diese Kachel freuen wir uns natürlich auch; für unsere Ausstellung ist es wie das letzte, noch fehlende Puzzlestück.«

Mir wurde irgendwie komisch, als sie das sagte. Es war, als hätten wir – im Grunde genommen zwei völlig Fremde – einen gemeinsamen Freund (sofern man ein Haus und vielleicht die Geister von zwei Menschen, die dereinst darin gelebt hatten, als Freund bezeichnen kann).

»Der Kronleuchter im Ballsaal … er ist noch weitgehend intakt«, sagte ich deshalb, etwas mutiger geworden, und dachte an die fehlenden Kristallperlen, die Sams Bande aus reiner Freude am Zerstören neulich erst zertrümmert hatten. »Könnte das Museum dieses herrliche Stück nicht retten, bevor die Abbrucharbeiten beginnen?«

»Das würden wir gern tun! Doch es handelt sich um ein sehr großes, kompliziertes Stück und ein Transport wäre sehr kostspielig«, sagte die Museumsdirektorin betrübt. »Für derlei Projekte fehlen uns leider die nötigen Gelder.«

Ich verspürte einen kurzen, brennenden Schmerz der Enttäuschung in meiner Brust, obwohl mich diese Aussage eigentlich nicht überraschte. Das Sortiment des Souvenirladens des Museums bestand hauptsächlich aus einem Ständer mit Postkarten, die vermutlich noch aus den siebziger Jahren stammten, sowie einigen Geschirrtüchern, die mit einem Motiv der Landspitze von Portbay *vor* der Ära des Wohnwagenparks bedruckt waren. Ich konnte mir unschwer vorstellen, dass die Einnahmen aus deren Verkauf kaum die Auslagen für Tee und Kaffee im Mitarbeiterraum deckten – da war an den schwierigen Transport eines riesigen Kronleuchters natürlich nicht zu denken!

»Und was das Medaillon betrifft … nun, ich gebe zu, dass es wirklich recht *alt* aussieht. Aber es könnte natürlich auch einem x-beliebigen Tagesausflügler mit dem Initial E gehören, der in den letzten hundertfünfzig Jahren in der Sugar Bay spazieren gegangen ist. Du bringst es am besten zur Polizei …«

Das war nun wirklich nicht die Antwort, die ich mir gewünscht hatte. Insgeheim hatte ich gehofft, sie würde sagen: »Ah! Unsere Historiker haben ein Spezialwerkzeug zum Öffnen antiker Gegenstände – mal sehen, was sich im Inneren befindet. Sicher etwas von größter geschichtlicher Bedeutung!«

Pustekuchen!

Meine Enttäuschung sah man mir offenbar an, denn die sehr nette, obschon nicht sehr begeisterte Direktorin machte mir plötzlich ein Angebot.

»Als du das letzte Mal hier warst, warst du doch so begeistert von dem Familienporträt der Graingers, nicht wahr?«, sagte sie.

Das stimmte. Begeistert deshalb, weil es Elize Grainger im Alter von zehn Jahren zeigte, zusammen mit ihrem Freund Joseph, dem dunkelhäutigen Hausdiener der Familie, der sich diskret im Hintergrund hielt.

»Dann interessierst du dich vielleicht auch für unser neues Bild. Es stammt aus dem Nachlass eines Einheimischen, der vor einiger Zeit verstorben ist …«

Ich wusste nicht *ganz* genau, was man unter Nachlass verstand (vielleicht war es nur ein anderes Wort für »Kram«?), aber natürlich war ich sehr gespannt darauf, dieses Bild zu sehen, wenn es auch nur entfernt mit Elize zu tun hatte. Bis jetzt hatte ich zwei Bilder von ihr gesehen – das eine war das besagte Familienporträt, das hier im Museum hing, das andere ein verblichenes Foto aus einer Zeitung von 1930 oder so, als sie im Beisein der örtlichen Presse in ihrem Altersruhesitz ihren hundertsten Geburtstag gefeiert hatte. An diesem Zeitungsausschnitt hing ich ganz besonders, da es im Garten unseres Hauses aufgenommen worden war, wo Elize vor ihrer Staffelei saß. Ein halbfertiges Bild war vage zu erkennen, das Aquarell einer Fee (vielleicht das, welches mir bei meiner Aufräumaktion in die Hände gefallen war?).

»Wenn du bitte mitkommen würdest?«

Ich folgte der Frau so aufgeregt, dass ich nicht wagte, etwas zu sagen, aus lauter Angst, meine alte Neigung zum Stottern könnte sich wieder bemerkbar machen.

»So, da ist es«, sagte die Direktorin, als wir einen von Neonröhren beleuchteten Raum betraten, zu dem das Publikum keinen Zutritt hatte. »Kannst du eine Ähnlichkeit erkennen? Aus der Ladenfassade im Hintergrund schließen wir, dass das Gemälde etwa um 1850 entstanden sein dürfte. Vermutlich hier in Portbay, aber genau weiß es niemand.«

Ich hatte erwartet, Elize Graingers blasse, vornehme Gesichtszüge zu sehen. Doch das Bild, vor dem ich nun stand, zeigte einen jungen Schwarzen um die zwanzig, der eine Schürze aus grobem Stoff umgebunden hatte. Hinter ihm war ein antiquierter Laden zu sehen und davor ein Pferd mit Scheuklappen, das vor ein Fuhrwerk gespannt war.

»Wir vermuten, dass es sich um Joseph handelt. Allerdings weiß niemand, was nach Mr Graingers Tod aus ihm geworden ist. Wir wissen lediglich, dass dieser ihn freigab und ihm genügend Geld vermachte, damit er sich auf eigene Beine stellen konnte.«

Ich wusste nicht genau, was ich mir unter »freigeben« vorzustellen hatte, aber das Wesentliche hatte ich verstanden. Dass Joseph die Villa verlassen hatte, in der er vom zarten Alter von zehn Jahren an als Hausdiener gearbeitet hatte (sprich: drei Jahre jünger als *ich*), hatte ich bereits gewusst.

»Wie ich schon sagte, ist die Person, die uns dieses Gemälde gestiftet hat, inzwischen verstorben, was sehr bedauerlich ist, da wir nun niemanden mehr zu seiner Geschichte befragen können.«

»Wow …«, murmelte ich und ein Gefühl von Déjà-vu beschlich mich.

Mein Großvater Eddie – an ihn musste ich plötzlich denken oder besser gesagt an das einzige Foto, das ich von ihm besaß. Es zeigt ihn im Alter von neunzehn Jahren, als er offenbar bis über beide Ohren in meine Großmutter, Nana Jones, verliebt war. Joseph in seiner rauen Arbeitsschürze und Grandad Eddie in seiner Fliegerjacke … die beiden sahen sich nicht direkt ähnlich und waren auch ganz unterschiedlich gekleidet. Aber trotzdem hatten sie eine Menge gemeinsam, diese beiden jungen Männer, die ungefähr einhundert Jahre trennten. Beide waren dunkelhäutig, beide stammten von Barbados, beide sind im Strudel der Geschichte verschollen. Niemand weiß, wo sie später in ihrem Leben gelandet sind und was aus ihnen geworden ist …

»Alles in Ordnung?«, fragte die Museumsdirektorin.

Hm, nicht direkt. Eine bleischwere Wolke von Traurigkeit hatte sich plötzlich auf mich herabgesenkt, die sich noch unangenehmer anfühlte als Peaches, wenn er nachts auf meiner Brust schlief.

»Es ist etwas staubig hier. Ich bin allergisch …«, stammelte ich, um mich für meine feuchten Augen zu entschuldigen.

Es gibt viele Menschen, die mysteriöse Geschichten mögen, aber ich glaube nicht, dass *ich* zu ihnen gehöre. Im richtigen Leben gibt es Rätsel, die *nie* gelöst werden, und wenn nicht einmal die Einwohner von Portbay wussten, wie Josephs Leben weiterging, wie sollte ich es dann jemals herausfinden? Und das traf leider auch auf Grandad Eddies Schicksal zu, da weder Nana Jones noch meine Mutter jemals etwas über seinen weiteren Lebensweg in Erfahrung bringen konnten.

Auf einmal verspürte ich ein dringendes Bedürfnis nach frischer Luft. Ich wollte nach draußen gehen und Hüpfburgen sehen, Mr und Mrs Mystic Marzipan, die aus Luftballons Warzenschweine und Gnus formten, untalentierte menschliche Standbilder und die aufdringliche Seemöwe, die so verrückt auf Süßigkeiten war und sich immer wieder auf ahnungslose Urlauber stürzte, um von ihrer Zuckerwatte etwas zu stibitzen.

Gibt es ein besseres Mittel gegen Traurigkeit als eine kräftige Dosis Verrücktheiten …?

8. Kapitel

Das pink-grüne Hindernis

Wer weiß, vielleicht ist ein Bonbon bei einem Anfall von Traurigkeit sogar ein *noch* besseres Mittel.

»Nimm dir ruhig noch eins. Oder nimm besser gleich eine ganze Hand voll, damit deine Freunde auch noch welche abbekommen.«

Im ersten Moment sagte mein Verstand nur »Häääää?«. Woher um alles in der Welt wusste die Bonbonlady, dass ich zu meinen Freunden unterwegs war? Doch dann dämmerte mir, dass ich vermutlich nur wieder etwas paranoid reagierte (wie üblich) und dieser Spruch einfach eine Redewendung war.

»Daange«, murmelte ich, vermutlich nicht sehr verständlich, da meine Backenzähne mit der köstlichen buttersüßen Karamellpampe zusammengekleistert waren.

Ich kam gerade aus dem Museum – mit dem Medaillon um den Hals, damit ich es nicht verlieren würde – und war auf dem Weg zur Galleria, wo ich mich mit Rachel und so weiter treffen wollte. So viel zu meiner Suche nach etwas, das mich unterwegs aufheitern würde. Der Anblick der Hüpfburg hatte nicht geholfen (das Kreischen und Quietschen der vielen kleinen Kinder hatte mir fast die

Trommelfelle zerfetzt); Mr und Mrs Mystic Marzipan – und ihre Luftballontiere – waren vermutlich gerade in der Mittagspause; das untalentierte menschliche Standbild stand überraschend (und geradezu langweilig) reglos da; und am Himmel zeigten sich nur ein paar der üblichen Möwen, nicht aber das riesige, freche, schielende Exemplar, das ich so lustig fand.

Tja, traurig, aber wahr: Als ich vorhin über die Strandpromenade geschlendert war, tief in Gedanken versunken und die Augen trübsinnig aufs Meer gerichtet, hatte mir nichts ein Lächeln entlocken können – bis sich mir ein pink-grünes Hindernis in den Weg stellte.

»Ooooh, meine kleine Freundin aus London sieht heute aber gar nicht fröhlich aus!«, hatte die alte Dame gezwitschert. »Hier, nimm dir ein Bonbon!«

Und nun drängte sie mir noch mehr Karamellbonbons auf, und ich konnte ihr leider nicht erzählen, dass mich der Anblick von Josephs Bild komischerweise so traurig gemacht hatte. Und zwar deshalb, weil das klebrige Zeug meine Kieferknochen zusammengeschweißt hatte.

Wenn die Bonbonlady mir nur zwei, drei Sekunden Zeit lassen würde, könnte ich ihr die ganze Geschichte erzählen. Und das täte ich wirklich gern, vor allem deshalb, weil *sie* es gewesen war, die mich damals auf die alte Villa und die Sugar Bay aufmerksam gemacht hatte.

»Du und deine Freunde solltet die Woche des Portbay-

Festivals in vollen Zügen genießen. Es wird euch auf andere Gedanken bringen. Was da alles geboten wird!«, plauderte die Bonbonlady weiter. »So viele Straßenkünstler, Ausstellungen und Aufführungen auf einmal gibt es hier nicht oft zu sehen.«

Ich hätte gern »Ja, ich weiß« gesagt, doch das hätte vermutlich nur wie »A-i-ahh!« geklungen, und deshalb begnügte ich mich mit einem Nicken.

»Hier am Strand finden auch ein paar Talentwettbewerbe statt«, fuhr sie unverdrossen fort.

»Ja, ich weiß, und meine Freundin Rachel wird morgen auch teilnehmen« – auch dieser Satz hätte vermutlich nur wie ein *Glucksen* geklungen, weshalb ich mich wieder auf ein Nicken beschränkte.

»Ich habe die Vorrunde gestern leider verpasst, aber offenbar hat das entzückende kleine Mädchen gewonnen.«

In meinem verzweifelten Bemühen, mich auch in diese bislang doch *sehr* einseitige Unterhaltung einzubringen, kaute ich verbissen drauflos, doch es war ein Gefühl, als versuche man, durch oberschenkelhohen Schlamm zu rennen.

»Aber heute habe ich es mir nicht entgehen lassen. Und es war tatsächlich höchst unterhaltsam, obwohl ich von der Gewinnerin nicht unbedingt angetan war. Ein junges Mädchen, etwa in deinem Alter, mein Kind, aber höchst *unschicklich* gekleidet«, sagte die Bonbonlady zerstreut, während sie die raschelnde Tüte mit den Toffees in ihre winzige Handtasche zurückstopfte. »Ich habe gar nicht gewusst, dass Shorts so winzig sein können. Und wo um alles in der Welt kauft man einen mit Pailletten besetzten Büstenhalter …? Und beim Tanzen hat sie so nervös gezappelt und gewackelt, als müsste sie dringend auf die Toilette! Aber was soll's? Es waren so viele andere Zuschauer da, die Beifall geklatscht – und bewundernde Pfiffe ausgestoßen – haben. Ich fürchte, eine dumme alte Frau wie *ich* kann da gar nicht mitreden.«

Hätte ich versucht, ihr gerade in diesem Moment endlich eine Antwort zu geben, hätte ich vermutlich angefangen zu keuchen und zu prusten. Und die Überschrift *An Toffee erstickt* in der örtlichen Tageszeitung wäre vielleicht doch *zu* peinlich gewesen!

Himmel – Kayleigh hatte *noch* einmal teilgenommen? War das überhaupt erlaubt?

»Ich muss weiter, meine Liebe«, erklärte die Bonbonlady, während sie ihre Handtasche zuklickte und sich dann an den Arm hängte. »Das Portbay-Jugendorchester tritt im Gartenzentrum auf, die Tapferen. Sie brauchen auch etwas Beifall, obwohl sie kaum je einen Ton treffen.«

Oh, sie wollte gehen – noch ehe ich fragen konnte, was für einen Song Kayleigh zum Besten gegeben hatte und auch, ob der Applaus und die begeisterten Pfiffe zufällig von einer Bande lauter, grölender Jungen gekommen waren!

»Ach übrigens, mein Kind«, fügte die Bonbonlady hinzu und blieb noch einmal kurz stehen. »Eine sanfte Berührung kann manchmal Wunder bewirken!«

Ich rieb das Medaillon zwischen den Fingern, als sie mir zum Abschied zuwinkte, aber ich hätte mich wohl besser am Kopf kratzen sollen.

Nach einer Begegnung mit der Bonbonlady blieb man unter Garantie mit zwei Dingen zurück: mit einer Tasche voller Bonbons und einem ratlosen Gesicht …

9. Kapitel
Psychostress

Schon von weitem sah ich Bob vor dem Laden von Rachels Mum sitzen und sich hektisch kratzen. Na ja, vermutlich machte ihm wieder einmal ein nervtötender Floh im Fell das Leben schwer …

TJ (der für kurze Zeit von seinem Job als Babysitter seiner kleinen Schwester befreit war, da Mrs O'Connell sie für das anstehende Finale des Talentwettbewerbs fit zu machen versuchte) war bereits im Inneren des Ladens, wo er verlegen mit den Füßen scharrte und so tat, als wäre er a) völlig in die Betrachtung des zum Verkauf stehenden Briefständers in Form eines Fimo-Hummers versunken, und b) taub und würde das Streitgespräch in nächster Nähe nicht hören.

»Stella, *hilf* mir, meine bildhübsche Tochter davon zu überzeugen, dass sie sich nicht ewig in ihr Schneckenhaus verkriechen kann, nur weil sie … hm, in letzter Zeit etwas krank war!«

»Stella, sag meiner Mutter *bitte*, sie soll mich in Ruhe lassen!«

Ich hatte es kaum erwarten können, die anderen zu treffen, um ihnen brühwarm zu erzählen, was die Bonbonlady über Kayleigh und den Talentwettbewerb gesagt hatte, aber leider war ich unversehens in einen ausgewachsenen Mutter-Tochter-Streit geraten. Mrs Riley wollte Rachel überreden, am Freitag an der Wahl zur Festivalprinzessin teilzunehmen, doch diese wehrte sich mit Händen und Füßen dagegen.

»Hmmm … ich glaube, Rachel möchte nicht«, sagte ich etwas verlegen und merkte, dass es mir sehr schwer fiel, einer Erwachsenen zu widersprechen, und zudem einer so netten wie Mrs Riley.

»Ich begreife nicht, dass du dich von dieser *Sache* so ins Bockshorn jagen lässt«, wandte Mrs Riley sich wieder direkt an ihre Tochter. »Ich weiß, du sollst dich schonen, aber diese Krankheit darf doch nicht dein ganzes Leben beeinträchtigen! Du bist ein bildhübsches junges Ding und brauchst ab und zu auch etwas Spaß im Leben!«

»Mum …«, seufzte Rachel und blickte genervt an die Decke, an der zahlreiche Mobiles hingen, »du willst es doch nur, weil die Style Compony den Festwagen sponsert.«

Die Style Compony!? Portbays einziger Friseursalon, dessen Inhaberin ganz offenbar keine Ahnung von Rechtschreibung hatte, wenn man von ihrem Firmennamen ausging. Was hatte der Friseursalon mit der ganzen Sache zu tun? Rachel musste mein ratloses Gesicht bemerkt haben und war offenbar froh, ihre Mutter wieder links liegen lassen zu können, um mich in die tieferen Zusammenhänge Portbays einzuweihen.

»Die Besitzerin vom Style Company ist Mums beste Freundin. Und sie sponsert jedes Jahr den Wagen, auf dem die Festivalprinzessin beim großen Umzug am Samstag mitfährt.«

»Schätzchen, es hat absolut nichts mit Sandra und ihrem Salon zu tun«, protestierte Rachels Mutter. »Es ist nur so, dass du bisher jedes Jahr auf dem Festwagen warst, als eine der Zofen der Prinzessin … Und ich finde, es ist an der Zeit, dass *du* diesmal als strahlende Prinzessin im Mittelpunkt stehst, Rachel, mein Schatz!«

Mrs Riley schaute ihre Tochter flehentlich an, mit klimpernden Wimpern und vorgestülpter Unterlippe. Und auf einmal konnte ich verstehen, warum Rachel manchmal so schnippisch zu ihrer Mutter war. Auf den ersten Blick wirkte Mrs Riley aufgeschlossen und cool, doch ihre Art, sich mal rechthaberisch und dann wieder aufreizend kindisch zu geben, konnte einem echt auf den Geist gehen.

»Vergiss es! Ich habe keinen Bock auf diese Wahl! Und ich werde mich auch nicht auf diesen dämlichen Festwagen setzen!«

»Sei nicht so trotzig, Rachel! Es ist doch schon eine Familientradition! Du und Sandras Töchter seid *immer* mit von der Partie!«

»Dann soll sich doch eine von Sandras *Töchtern* zur Prinzessin wählen lassen!«

»Schatz, April und Ashleigh waren bereits Prinzessin!

Und seien wir doch mal ehrlich – Amber hat nun wirklich keine großen Chancen, oder?«

Blitzschnell durchsuchte ich die Datenbanken in meinem Kopf, erhielt bei »April« oder »Ashleigh« jedoch keine Treffer. Bei »Amber« aber machte es sofort »Klick« – es konnte nur die blutjunge, mürrische Bedienung im Strandcafé sein. Als Nächstes versuchte mein Gehirn, diese Amber mit der schicken, blonden kleinen Frau in Verbindung zu bringen, die den Friseursalon leitete und regelmäßig mit ihren haargenau gleich aussehenden Schoßhündchen in Stöckelschuhen (*sie*, nicht die Hunde!) am Strand Gassi ging.

Ah, so allmählich kam ich dahinter, wer in diesem Städtchen wohin gehörte. Gleichzeitig fiel mir auf, dass TJ kurz stirnrunzelnd von der scheußlichen Teekanne in Form einer Meerjungfrau aufgeblickt hatte, als Mrs Riley Amber erwähnt hatte. Ich selbst hatte Amber nie mehr als ein mürrisches »Bitte schön« entlocken können, wenn sie einen Teller oder ein Glas vor mir auf den Tisch knallte, aber ich wusste, dass TJ sie ganz nett fand. Deshalb nahm er Mrs Riley ihre gedankenlos dahingesagte Bemerkung vermutlich übel.

A-ha! Hatte sich Rachel ihre manchmal etwas überhebliche Art nicht nur von Kayleigh und den anderen abgeschaut, sondern vielleicht *auch* von ihrer Mutter? Während ich noch darüber nachgrübelte, schaute Mrs Riley auf einmal wie gebannt nach draußen.

»Oh – was sehe ich da? Dieses hübsche Mädchen da draußen! Wäre sie nicht die *ideale* Kandidatin für die Festivalprinzessin?«, kommentierte sie, während sie über die Straße zum Geländer der Strandpromenade blickte, wo sich zwei Mädchen angeregt unterhielten. »Weiß jemand von euch, wer sie ist? Das Mädchen, das bei ihr ist, ist doch eure neue Freundin, nicht wahr? Die, mit der ihr gestern im Rathaus zusammen wart …«

Megan! Megan saß auf dem Geländer und unterhielt (stritt?) sich mit ihrer großen Schwester.

Genau wie TJ blieb auch ich lieber stumm und überließ das Antworten Rachel. Würde sie damit herausplatzen, dass die fünfzehnjährige Naomi neuerdings mit dem siebzehnjährigen Simon befreundet war und dass Naomis Eltern ausflippen würden, wenn sie davon wüssten?

»Das ist Megans Schwester, Naomi«, sagte Rachel jedoch nur kurz angebunden.

Aha – Rachel deckte ihren Bruder Simon, genau wie Megan ihre Schwester Naomi. Ehrlich gesagt fand ich es in beiden Fällen nicht unbedingt angebracht.

»Megan wartet übrigens auf uns«, teilte Rachel ihrer Mutter schnippisch mit und ging zur Tür, wo sie offensichtlich auf TJ und mich wartete. Heilfroh, der gespannten Atmosphäre im Laden zu entkommen, liefen wir ihr nach.

»Himmel, sie treibt mich noch in den Wahnsinn«,

knurrte Rachel, ehe sie eine Lücke im Straßenverkehr entdeckte und wieselflink über die Straße huschte, gefolgt von mir und TJ, der Bob vorsichtshalber am Halsband gepackt hatte.

Naomi sah uns als Erste kommen. Sie war so entzückt (beziehungsweise: *nicht*), uns zu sehen, dass sie sich wortlos umdrehte und das Weite suchte.

»Haben wir was Falsches zu ihr gesagt?«, sagte ich grinsend zu Megan, die auf dem Geländer sitzen blieb und mit allen zehn Fingern auf das von der Sonne erwärmte Metall eintrommelte.

»Ach, sie ist nur sauer auf mich«, antwortete Megan und zog irritiert zwei blonde Augenbrauen zusammen. »Wisst ihr, ich habe echt LUST, mit euch heute Abend zu dieser Aufführung zu gehen, aber andererseits fühle ich mich total MIES, weil ich meine Eltern anlügen muss. *Schon wieder!*«

»Dann mach Naomi doch einfach klar, dass du keinen Bock mehr hast auf die ständige Lügerei!«, sagte Rachel, die ausnahmsweise so klang, als hätte sie Verständnis für Megan, was ich zur Abwechslung ganz erfreulich fand.

»Ich WILL nicht schon wieder lügen … aber für heute Abend habe ich noch mal eingewilligt. Aber zum ALLERLETZTEN Mal …«

Mit einem entschuldigenden Schulterzucken hielt Megan das neueste Bestechungsgeld hoch – eine Zwanzigpfundnote!

»Du hättest deine Schwester auch abblitzen lassen können!«, sagte TJ schroff.

»Schon«, antwortete Megan mit einem spitzbübischen Grinsen, »aber dann könnte ich meine neuen Freunde jetzt nicht zu einer Runde in der Hüpfburg UND zu einem Hotdog einladen, oder …?«

Irgendwie war mir nicht wohl bei dem Gedanken, dass Megan ihr Bestechungsgeld für uns ausgeben wollte.

Aber andererseits … beim Klang des Wörtchens Hotdog hatte mein Magen, der offenbar kein Gewissen hatte, zu knurren begonnen …

»Wie?! Zuerst hast du uns erfunden und jetzt gibt es uns wirklich! Cool!«, prustete TJ und musste, obwohl er den Mund voll Hotdog hatte, so doll lachen, dass ich ernsthaft befürchtete, das Ketchup würde ihm gleich zur Nase heraustropfen.

Aber ich begriff, was er meinte. Während wir auf dem Weg zur Hüpfburg auf dem Busparkplatz am Strand entlanggeschlendert waren und die heute geschaffenen Sandskulpturen betrachtet hatten (ein nicht sehr furchterregender Hai war mit dem Siegerwimpel bedacht worden), hatte uns Megan erzählt, was für Märchen Naomi und sie ihren Eltern während der letzten anderthalb Wochen aufgetischt hatten. Sie hatten ein paar Leute in Megans Alter erfunden, die Megan und Naomi durch einen glücklichen Zufall schon am ersten Tag kennen gelernt hatten und mit denen sie seither immer zusammensteckten.

Okay, am Anfang waren Mr und Mrs Samson nicht hundertprozentig begeistert gewesen, dass ihre Töchter sich Tag für Tag und auch für mehrere Stunden selbständig machten. Doch sie sahen ein, dass keine Gefahr bestand, da die beiden ja ständig zusammen waren (ha!), und zudem mit einer Gruppe von Dreizehnjährigen (noch mal: ha!), was ihnen selbst mehr Zeit für ihr Hobby, das Wandern, ließ. Und sie merkten bald, dass dieses Hobby ihnen noch mehr Spaß machte, seit sie keine zwei lustlosen Töchter im Teenageralter mehr mitschleppen mussten.

Ihre Eltern hatten sich inzwischen damit abgefunden, dass Megan und Naomi tagsüber so viel unterwegs waren, doch dass die beiden nun auch abends mit Megans neuer »Clique« zusammen sein wollten, behagte ihnen weniger. Naomi – als Älteste – hatte eine *Menge* Überzeugungsarbeit leisten müssen, bis ihre Eltern ihr endlich abnahmen, dass es wirklich völlig ungefährlich war (ein guter Witz!).

Als ich mir das alles anhörte, wurde ich anfangs fast sauer auf Megan. Aber sie erzählte ihre Geschichte so lustig, dass ich schließlich genauso schallend lachte wie sie und Rachel und TJ. Besonders als sie zur Pointe kam, sprich: War es nicht irre, dass a) ihre Phantasie-»Freunde« sich als real herausstellten und b) dass *wir* es waren?

»Okay, jetzt ist die Hüpfburg angesagt!«, verkündete Megan plötzlich und zählte ihr Geld nach, als wir gemütlich auf die Attraktion auf dem Busparkplatz zuschlenderten.

»Hunde verboten!«, sagte ein freudloser Kassierer, als Bob vor uns her auf das Kassenhäuschen zustürmte.

»Ach so – klar«, sagte TJ lachend und packte Bob am Halsband. »Von einer Hüpfburg für *Hunde* hab ich auch noch nie gehört!«

Mir gefiel diese Vorstellung. Eine Hüpfburg für Haustiere, in der die Bobs und Peaches' dieser Welt herumtollen könnten – natürlich mit Schutzsocken, damit die Plastikplane vor ihren scharfen Krallen geschützt war.

»Sehr witzig«, sagte der Kassierer, der nicht nur freudlos, sondern zudem auch humorlos zu sein schien. »Außerdem ist das hier nur für Kinder unter zehn und deshalb könnt ihr Mädchen und der Hund sowieso nicht rein …«

Er deutete auf Bob, Megan, Rachel und mich.

»… aber du schon, Kleiner.«

Ich sah, wie sich alle Muskeln in TJs Gesicht verkrampften. Okay, für seine dreizehn Jahre war er wirklich nicht sehr groß. Aber wie peinlich für ihn …

»Na schön, vergessen wir's!«, verkündete Megan heiter und hakte sich bei TJ unter. »Gehen wir eine Cola trinken!«

Die gute Megan!

Zwei Minuten und vier Colas später nahmen TJs Wangen allmählich wieder ihre normale Färbung an.

»Und … alles klar wegen der Talentshow morgen früh, Rachel?«, fragte Megan, ehe sie an ihrem Trinkhalm saugte.

»Ja, schon«, erklärte Rachel nickend und schob sich eine Strähne ihrer langen, braunen Haare hinters Ohr. »Mein Auftritt im Café war ja ganz okay, deshalb dürfte es auch morgen hinhauen … Und falls mir doch nicht danach ist, kann ich ja jederzeit noch einen Rückzieher machen.«

»Kannst du *nicht*!«, rief TJ empört. »Es wird ein Heidenspaß werden!«

»Du hast leicht reden«, schnaubte Rachel. »Du bist ja auch noch nie vor Publikum wie ein nasser Sack umgefallen! Und das erst neulich!«

Ich konnte Rachel gut verstehen … Es musste wirklich ein *erschreckender* Gedanke sein, im Rampenlicht zu stehen, und das so kurz nach dem Horrorerlebnis mit dem epileptischen Anfall.

Megan nahm TJ ins Visier. »Hey … kannst du nicht auch auftreten, damit Rachel sich nicht so allein fühlt?«, fragte sie unvermittelt.

»Oh … ich könnte schon. Ich meine, ich kann ein bisschen jonglieren. Hab schon ein paar Unterrichtsstunden genommen …«, sagte er ohne große Begeisterung.

Unterricht bei Mr und Mrs Mystic Marzipan, um ganz genau zu sein. Als ich daran dachte, wie ungeschickt er sich noch anstellte, musste ich grinsen. Doch das Grinsen verging mir, als ich merkte, dass Megan jetzt *mich* anschaute.

»Ich?! Ich kann nichts!«

»*Irgendetwas* kannst du bestimmt, Stella! JEDER kann irgendetwas!«, behauptete Megan grinsend.

Stottern, wenn ich nervös war, war das Einzige, was mir spontan einfiel. Doch noch ehe ich das sagen und mir eine Runde Mitgefühl der anderen sichern konnte, platzte TJ plötzlich dazwischen.

»Sie kann Cartoons malen – Karikaturen! Und das unheimlich schnell, stimmt's, Stella?«

Seit ich von London weggezogen war, hatte ich eigentlich keine Karikaturen mehr gezeichnet, abgesehen von der von der Bonbonlady. In letzter Zeit hatte ich mich auf meine Ninja-Feen konzentriert – sonderbare kleine Mischwesen aus japanischen Cartoons und altmodischen viktorianischen Blumenfeen wie jene, auf die sich Elize Grainger offenbar spezialisiert hatte.

»Wow ... damit MUSST du auftreten!«, rief Megan beeindruckt.

»Ja, sei kein Frosch!« TJ nickte begeistert.

»Bitte, Stella – dann fühle ich mich morgen nicht so einsam«, sagte Rachel, und ihre schönen braunen Mandelaugen blickten mich flehentlich an, nicht sehr viel anders als jene ihrer Mutter vorhin im Laden.

Pah – sie konnten bitten und betteln, so lange sie wollten, es gab nur eine Antwort, die ich ihnen geben konnte!

»Ähm ... ja. Wenn ihr meint.«

O nein!

Wie war das passiert? Eben noch hatte ich das Medaillon an meinem Hals befingert und »Nein« gedacht, und dann war ein »Ja« über meine verräterischen Lippen geschlüpft!

10. Kapitel

Flucht aus dem Regenwald

Bis jetzt war es ein recht erlebnisreicher Tag gewesen.

Zuerst hatte ich mir einen der Wohnwagen des Feriencamps Meerblick von innen ansehen dürfen, danach waren wir mit dem Metalldetektor in der Sugar Bay zugange gewesen, gefolgt von dem Horror-Schuh-Einkaufstrip mit Mum und den Zwillingen. Am Nachmittag hatte mein enttäuschender *und* zugleich interessanter Besuch im Museum stattgefunden, dann die kleine Unterhaltung mit der Bonbonlady, die mich wie üblich mit Toffees überhäufte und wie immer ratlos zurückließ, anschließend durfte ich auf der Strandpromenade einen kurzen Blick auf die eingeschnappte Naomi werfen … und jetzt trieb ich mich gerade im Regenwald herum (na ja, so gut wie …).

Aus gegebenem Anlass hier nun ein paar Fakten über den Regenwald:

- *Über zwanzig Prozent des Sauerstoffs auf unserer Erde werden vom Regenwald im Amazonasgebiet erzeugt.*
- *Früher war ungefähr ein Siebentel der Erdoberfläche von Regenwald bedeckt, doch da der Mensch ihn so hemmungslos abholzt, besteht die Gefahr, dass in weniger als vierzig Jahren nichts mehr von ihm übrig ist.*

- *Experten befürchten, dass unser Planet wegen des Schrumpfens der Regenwälder Tag für Tag fünfunddreißig Spezies an Pflanzen, Tieren und Insekten verliert.*

Hier nun ein paar Fakten aus dem Stück *Das Brüllen des Regenwalds*, das TJs Mutter inszeniert hatte:

- *Dass das Ganze in einem Regenwald spielte, hätte kein Mensch gemerkt, weil TJs Mutter Wert auf ein modernes Bühnenbild gelegt hatte – sprich: leere Bühne und schwarzer Hintergrund.*
- *Ebenso wenig war zu erahnen, ob es überhaupt eine Handlung gab, da alle Charaktere nacheinander auf die Bühne kamen, dramatische Reden schwangen oder tierische Laute von sich gaben.*
- *Die Aufführung war so schlecht, dass sich einem die Zehennägel einrollten.*

»Hey, was soll *der da* sein?«, zischte Rachel, während sie mit schief gelegtem Kopf auf den komplett in Schwarz gekleideten Mann starrte, der gerade über die Bühne kroch.

»Schwarz?«, lautete TJs Vorschlag, was bei Megan, Rachel und mir natürlich prompt zu einem nur mühsam unterdrückten Kicheranfall führte.

Tatsächlich waren alle Darsteller schwarz gekleidet (vielleicht passend zum Hintergrund?), weshalb man nie wusste, ob man ein Faultier, einen Ara oder einen Katta (Lemurenart mit dem auffällig geringelten Schwanz) vor sich hatte. Dass die Schauspieler Tiere wie Faultiere, Aras oder Kattas darstellten, wussten wir nur, weil wir – bevor das Licht ausging – noch schnell einen Blick ins Programmheft geworfen hatten.

»Was soll er nun *wirklich* darstellen?«, fragte ich, sobald ich wieder einigermaßen sprechfähig war.

»Er ist …«, wisperte TJ, der sich im Dunkeln vorbeugte und das Programmheft überflog, »… ein Löwe. Ich nehme mal an, er wird gleich brüllen, denn sonst stünde es nicht im Titel.«

»Gibt es im Amazonasgebiet überhaupt Löwen?«, murmelte Megan. »Ich dachte, die treiben sich nur in den Savannen Afrikas herum …?«

»Vielleicht hat *dieser* Löwe in Südamerika Urlaub gemacht und ist geblieben, weil es ihm so gut gefallen hat!«, feixte TJ und grinste uns der Reihe nach an.

»Pssst!«, zischte da eine mahnende Stimme von hinten, als Megan, Rachel und ich wieder verzweifelt gegen ein Kichern ankämpften.

Nachdem wir ein paar Mal tief Luft geholt und die Fingernägel in unsere Handflächen gebohrt hatten, hatten wir uns wieder einigermaßen im Griff. Um eine besonders langweilige Ansprache des Löwenmanns auszublenden, grübelte ich gerade darüber nach, ob ich nicht erst neulich im Fernsehen gehört hatte, dass Kattas ausschließlich in

Madagaskar leben (sprich: *nicht* im Amazonas-Regenwald!), als TJs Mutter mit einem Satz auf die Bühne sprang – mit gefletschten Zähnen und krallenartig gekrümmten Fingern.

Aus dem Programmheft wusste ich, dass sie einen Panther darstellte, aber ehrlich gesagt sah sie eher aus wie Gollum aus *Der Herr der Ringe* beim Wäscheaufhängen.

»Pssst!«, fauchte die Person hinter uns erneut, nachdem sich mein Gekicher durch die ganze Reihe ausgebreitet hatte, bis wir schließlich alle – besonders TJ – nicht sehr dezent losprusteten.

Hier ein weiterer Fakt über die Aufführung *Das Brüllen des Regenwalds*:

- *Als sich der Vorhang für die zweite Hälfte des Stücks öffnete, waren genau vier Zuschauer weniger im Saal …*

»Was willst du deiner Mutter sagen? Doch nicht etwa, dass wir uns in der Pause verdrückt haben, oder?«, fragte ich TJ, nachdem wir aus dem Regenwald geflüchtet waren und uns wieder in normaler Lautstärke unterhalten konnten.

»Machst du Witze?«, lachte TJ und zog seine Kapuze über den Kopf.

»Aber sie rechnet doch bestimmt damit, dass du weißt, wie ihr Stück ausgeht«, sagte Megan, die gerade zwei Stufen auf einmal nehmend, mit jeweils einem Schritt rückwärts, die Treppe vor dem Rathaus hinunterhüpfte.

»Sie hat eine Abschrift des Skripts zu Hause herumliegen. Das überfliege ich noch schnell, bevor sie heute Abend nach Hause kommt. Das heißt, falls Bob es nicht schon aufgefressen hat – er hasst es, wenn man ihn allein lässt.«

Ohne Bob *oder* Ellie, die normalerweise fast ständig hinter ihm hertrotteten, wirkte TJ an diesem Abend richtig komisch – als würde ihm ein Arm oder etwas fehlen. Ellie war zu einer Freundin gegangen, bei der sie auch übernachten durfte, und Bob hatte allein zu Hause bleiben müssen, da Hunde im Allgemeinen weder auf der Bühne noch im Publikum gern gesehen sind. (Dabei hätte Bob das Stück sicher um einiges besser gefallen als uns; wahrscheinlich hätte er begeistert in das ganze Heulen und Brüllen eingestimmt.)

»Hey, wann genau bist du nachher mit Naomi verabredet?«, fragte ich Megan vom Fuß der breiten Stufen aus, während sie noch ihre Zwei-Hüpfer-vor-und-einen-zurück-Übung absolvierte.

»Erst in anderthalb Stunden. Wow, was für ein schön großer, leerer Platz! Absolut PERFEKT zum …«

Das Wort »Radschlagen« war schon nicht mehr hörbar, weil Megan sich an Ort und Stelle in einen Rad schlagenden Wirbelwind verwandelte.

»Tja, ich glaube nicht, dass mein Vater mich schon in nächster Zeit abholen wird«, sagte Rachel, die Megan skeptisch beäugte, sich aber hütete, einen negativen Kommentar abzugeben. »Was haltet ihr davon, ins Strandcafé zu gehen? Wir könnten einen Milchshake trinken.«

»Klar, warum nicht?«, meinte TJ achselzuckend und vergrub seine Hände noch tiefer in den Taschen seiner Jeans. »Da gibt's zurzeit jeden Abend Karaoke, ihr wisst doch. Ist sicher ganz lustig.«

Auf einmal fiel mir ein, dass ich ganz vergessen hatte, meiner Clique zu erzählen, dass Kayleigh bei der heutigen Vorrunde gewonnen hatte.

»Ach, habt ihr schon gehört …?«

Ich hatte den Mund kaum aufgemacht, als ein lautes, gellendes »AAARGH!« meine Worte übertönte.

Autsch! Beim Radschlagen gegen eine Straßenlaterne zu donnern, muss ganz schön *weh*tun!

»Das war phantastisch!«, donnerte Pete, der Wirt des Cafés, in sein Mikrophon, als ein Urlauber erfreut seinen Applaus entgegennahm und sich verbeugte. »Und wer will der oder die Nächste sein?«

»Wie wär's mit dir, Rach?«, fragte TJ, als wir vier uns an den einzigen noch freien Tisch im ganzen Café quetschten (der eigentlich nur für zwei Personen gedacht war). »Wäre doch ein guter Probelauf für deinen morgigen Auftritt!«

»Hey, lass mich erst mal Luft holen – wir sind gerade angekommen!«, sagte Rachel lachend und zog dabei einen Stuhl so weit nach hinten, dass sie sich setzen konnte.

Das Café war normalerweise nur fünf Minuten zu Fuß vom Rathaus entfernt, doch weil die arme Megan humpelte, hatten wir heute etwas mehr Zeit gebraucht.

»Wie geht es dir, Megan?«, erkundigte ich mich mitfühlend. »Soll ich einen Stuhl organisieren, damit du dein Bein hochlegen kannst?«

»Nein – ist sicher bald wieder okay. Sind ja nur ein paar Kratzer!«, versicherte mir Megan tapfer, obwohl ich genau gesehen hatte, wie sie zusammenzuckte, als sie ihr Knie unter das Tischchen schieben wollte.

»Lass deine Mutter einen Blick darauf werfen, wenn du nach Hause k– oh!«

Bei Rachels überraschtem »Oh!« hob ich fragend den Kopf, und mein Blick fiel auf einen dicht besetzten Tisch im hinteren Teil des Lokals. Dort saß Kayleigh, die gerade die Augen verdrehte und so tat, als sei es ihr peinlich, dass Brooke und Hazel klatschten und pfiffen, um sie zu ermutigen, nach vorne ans Mikrophon zu gehen. Doch dann schob sie sich entschlossen eine Haarsträhne hinters Ohr, erhob sich und vergaß auch nicht, ein triumphierendes »Na-bin-ich-nicht-irre-beliebt«-Grinsen in unsere Richtung zu schicken.

Rachel wäre sicher frustriert gewesen – wenn sie es gesehen hätte! Doch ich hatte mich getäuscht, ihr überraschter Blick vorhin hatte nicht Kayleigh und Co gegolten … Sie hatte einen anderen, ebenfalls voll besetzten Tisch im Visier. Und vor lauter Überraschung hatte sie ganz vergessen, den Mund nach ihrem »Oh!« wieder zu schließen.

»Naomi!«, stammelte Megan, die den Grund für Rachels Verblüffung in einem Wort zusammenfasste.

Naomi und *Simon*, um ganz genau zu sein … Sie saßen an zwei Tischen im hinteren Teil des Cafés, die zusammengestellt worden waren, damit Simons coole Rocker-Clique genügend Platz hatte. Unter ihnen befand sich auch Tilda, die offenbar grundsätzlich nur Ballettröckchen zu tragen pflegte und wie immer keine Miene verzog.

Die anderen Tischgenossen waren weitaus fröhlicher; sie klatschten vergnügt, als Naomi und Si beide – leicht unsicher auf den Beinen – aufstanden.

Und nach einem schwankenden, kichernden Gang zur improvisierten »Bühne« schnappten sie sich das Mikrophon.

»Schaut euch Kayleigh an!«, feixte TJ und zeigte auf Rachels gemeine Exfreundin, die auf ihrem Gang zum Mikrophon überholt worden war und nun wie ein begossener Pudel mitten im Café stand.

Ach, Schadenfreude kann so schön sein!

Mir fiel beim besten Willen niemand ein, dem ich diese Erniedrigung mehr gegönnt hätte …

Rachel hatte für Kayleigh, die mit hochrotem Kopf den Rückzug antrat, keinen Blick übrig – ihre ganze Aufmerksamkeit galt ihrem Bruder und seiner kichernden Freundin.

»Si kommt normalerweise nie hierher! Was hat er hier zu suchen? Er sagt immer, das Strandcafé sei ihm zu popelig, mit all den Urlaubern und Schulkindern!«

Na, wenn Rachel *das* schon merkwürdig fand, dann sollte ihr gleich Hören und Sehen vergehen …

»Will er etwa *singen*?«

O ja, allem Anschein nach hatten Simon und Naomi genau diese Absicht … oder aber den unbezähmbaren Wunsch, sich das Mikrophon wirklich aus allernächster Nähe anzusehen.

»Si *kann* gar nicht singen!!«

Tja, aber das schien ihn im Moment überhaupt nicht zu stören. Er und Naomi versuchten sich mit einer Version von Coldplays »Yellow«, mit ungefähr derselben Lautstärke und demselben Charme wie grölende Fußballfans im Stadion.

»Seit *wann* steht Si auf Coldplay?!«, fragte Rachel niemand Speziellen (angesichts der Begleitmelodie und des Gebrülls im Duett war sie schon in zehn Zentimeter Entfernung sowieso nicht mehr zu hören).

Ich war zwar nicht so schockiert wie Rachel, wunderte mich aber schon, dass zwei so eingebildete, obercoole Typen wie Simon und Naomi sich freiwillig zum Affen machten. Das letzte Mal, als ich jemanden so albern herumtorkeln und grölen hörte, hatte es sich um den alten Penner gehandelt, der an der U-Bahn-Station von Kentish Town herumlungerte, wo ich früher in London gewohnt hatte, und der außer seinen Bierdosen niemanden hatte.

Hupps …

Hatte ich den Nagel auf den Kopf getroffen?

Waren Si und Naomi etwa *betrunken* …?

11. Kapitel

Das reinste Nervenbündel

Ich fühlte mich *total* krank.

Masern, Windpocken, Migräne, Darmgrippe, Gicht, Gelbfieber, Dengue-Fieber, Beulenpest ... einige dieser Krankheiten kannte ich nicht einmal, aber ich schwöre, dass ich sie gern in Kauf genommen hätte, statt das zu tun, was mir bevorstand.

Worum es ging? Nun, gleich würde ich mit meinem großen Skizzenblock auf die Bühne marschieren und mich den prüfenden Blicken der gesamten Einwohnerschaft von Portbay (zumindest kam es mir so vor) sowie einer halben Million Urlauber aussetzen müssen. Dabei schaffte ich es kaum, meinen Ganzkörper-Zitteranfall zu unterdrücken! Und *wie* um alles in der Welt sollte ich da meine Hand still genug halten, um eine Karikatur zeichnen zu können?

Und was das Schlimmste war: Die Person, die ich zeichnen wollte – da sie von Natur aus ohnehin schon so etwas wie eine wandelnde Karikatur war –, glänzte noch durch Abwesenheit, und gleich würde die dritte Vorrunde des Talentwettbewerbs anfangen. Nein, *noch* schlimmer war: Die Person, die ich vorhatte zu zeichnen und die sich bis zur Stunde nicht hatte blicken lassen, war dieselbe Person, die TJ und mich zu dieser Schnapsidee überredet hatte …

»Wo ist Megan?«, wandte ich mich leise an TJ und Rachel, die in der Schlange der armen Seelen, die gleich ihren großen Auftritt haben würden, vor und hinter mir standen.

»Vielleicht ist ihr Bein schlimmer geworden. Oder sogar abgefallen«, meinte TJ, während er eifrig mit den komischen Bällen jonglierte, die er sich von Mr und Mrs Magic Marzipan ausgeliehen hatte.

»Sie hat mir gestern Abend noch eine SMS geschickt, aber da stand nichts drin von wegen Schmerzen …«, brummte ich. Angesichts meines hohen Stresspegels prallte TJs witzig gemeinte Bemerkung erfolglos an mir ab.

Ehrlich, so wie ihre SMS geklungen hatte, wäre ein abgefallenes Bein so ungefähr Megans kleinstes Problem gewesen. Sie hatte gestern Abend ganz schön lange gebraucht, bis Naomi sich endlich bereit erklärte, das Café (und Si) zu verlassen. Wenn sie nicht schleunigst ins Feriencamp zurückkehrten, hätten ihre Eltern so lange angerufen, bis der Akku ihres Handys leer gewesen wäre. (Naomi ließ ihres immer ausgeschaltet, weshalb die arme Megan die besorgten Eltern immer wieder beruhigen und ihnen vorschwindeln musste, sie seien bereits auf dem Heimweg. Hieße sie Pinocchio, wäre ihre Nase inzwischen garantiert zwei Meter lang gewesen!)

Ich lag bereits im Bett – konnte aber vor Bammel wegen des Talentwettbewerbs ewig nicht einschlafen –, als ich das Piepsen einer eingegangenen SMS hörte. Zuerst dachte ich, sie wäre von Frankie. Sie ist die Einzige aus meiner alten Clique, die mir so spät noch eine SMS schicken könnte.

ÄRGER mit Eltern!!! Gruss Megan, konnte ich lesen.

So spät noch auf? Ärger wegen Naomis Zustand?, tippte ich zurück.

Ich wartete eine Weile in der Dunkelheit meines Zimmers. Die einzigen Lichtquellen waren das Display meines Handys, der Mond und ein bedächtig blinzelndes Paar Katzenaugen. Und dann machte es plötzlich wieder Biep.

Erzähl ich dir morgen. Muss aufhören – N sagt, mein Tippen macht sie nervös.

Wow, Naomi musste es ganz schön mies gehen (der Alkohol?), wenn sie das leise Klicken der Handytastatur nicht ertrug. Hatte sie ihren Schwips überhaupt vor ihren Eltern verheimlichen können? Gute Frage …

Doch zurück zum heutigen Tag. Auch wenn ich mir echt Sorgen um Megan machte – und mich wunderte, dass ihr Handy den ganzen Morgen ausgeschaltet war –, meine größte Sorge galt im Moment *mir*, weil ich mich gleich vor all den Leuten hier bis auf die Knochen blamieren würde!

Oh, oh – um Rachel sollte ich mir natürlich auch noch ein, zwei Sorgen machen.

»Alles okay?«, fragte ich sie, weil sie so blass und schweigsam war.

»Ich glaube, ich pack es nicht, Stella!«, stöhnte sie leise.

»Fühlst du dich nicht gut?«, fragte ich erschrocken.

Neben mir hörte ich das sanfte Dapp-dapp-dapp von drei Jonglierbällen, die plötzlich auf den Boden fielen, und TJ brummte etwas von wegen einen Stuhl organisieren.

»Doch, im Moment schon noch«, sagte Rachel mit einem nervösen Achselzucken. »Ich traue mich nur nicht da rauf! So viele Leute … Im Café war es nicht soooo schlimm, aber das hier ist eine Nummer zu groß für mich …«

Wer hätte das besser verstehen können als *ich*? Wenn ich vor Lampenfieber schon nervös und fast krank war – wie musste es dann erst der armen Rachel ergehen?

Echt, das Ganze war von Anfang an eine total bescheuerte Idee gewesen! Hey, wir brauchten uns doch nur still und unauffällig aus der Schlange wegzuschleichen und …

»Herzlich willkommen zur dritten und letzten Vorrunde für unseren großen Talentwettbewerb, meine sehr verehrten Damen und Herren, meine lieben Mädchen und Jungen!«, ertönte da Mr Harpers fröhliche Stimme aus nächster Nähe. »Und da wir eine große Anzahl sicher höchst erstaunlicher Auftritte vor uns haben, sollten wir so schnell wie möglich anfangen! Ich bitte also schon mal um Ihren Applaus für … mal sehen, wen wir hier haben … ah, ein kleines Fräulein mit einem großen Zeichenblock!«

Wie?! Vor mir in der Schlange hatten eben noch *Massen* von Mitbewerbern gestanden! Wohin waren sie alle entschwunden? Hatten sie sich in den wenigen Sekunden meiner Unterhaltung mit Rachel alle in Luft aufgelöst? Ah, offenbar hatten sie auch Lampenfieber und sich deshalb still und leise ans Ende der Schlange geschmuggelt, sodass Mr Harpers Blick unweigerlich zuerst auf mich fallen musste! Hilfe suchend hielt ich nach TJ Ausschau, doch der war vermutlich noch unterwegs, um einen Stuhl für Rachel aufzutreiben.

»STELLA!«, rief da jemand. »Stella, ich KOMME!«

Eine hochrote Megan kämpfte sich an der Reihe der Mitbewerber hinter mir vorbei. »Himmel, das war KNAPP! Man hat dich schon aufgerufen, nicht wahr?«

Das Wort »nervös« hätte meinen Zustand nur unzureichend beschrieben. Ich war das reinste *Nervenbündel*. Mr Harper winkte mich hektisch zu sich, rief etwas von wegen ›nur nicht schüchtern sein‹, und jetzt brachte mich Megans überstürztes Auftauchen noch zusätzlich aus dem Konzept.

»Ich kann nicht!«, stöhnte ich, und mir war bewusst, dass ich vermutlich wie eine Irre aussah. Es war mir egal, dass Mum und Dad und die Zwillinge dort draußen waren und vermutlich auch die Bonbonlady. Ich würde keinen einzigen Strich aufs Papier bringen … Nein – das wollte ich mir nicht antun!

»Sei kein Frosch!«, raunte Megan mir zu und packte mich an der Hand. »Es ist keine Prüfung wie in der Schule. Es ist doch nur zum Spaß!«

Ha, sie hat leicht reden, dachte ich verkniffen, während ich *gegen* meinen erklärten Willen auf die Bühne gezogen wurde.

Mal sehen, wie *spaßig* ich es finden werde, wenn Mr Harper mich nach meinem Namen fragte und ich »S-S-S-Stella S-S-S-Stansfield« stottern würde!

Rachel saß bei meinen Eltern, Jake und Jamie und Ellie und Bob und sah – soweit ich das aus der Ferne beurteilen konnte – wieder ganz okay aus. Sie hatten mir alle wild zugewinkt (stimmt, Bob nicht), als ich bei meinem Abgang von der Bühne in der Zuschauermenge nach ihnen Ausschau hielt.

TJ ging es auch gut. Nachdem er mit seiner höchst lustigen Vorführung zum Sieger der heutigen Vorrunde erklärt worden war – er hatte dauernd Pausen eingelegt und Witze gemacht, statt ernsthaft zu *jonglieren* –, wurde er von einem Rudel weiblicher Fans überfallen, die es offenbar nicht im Geringsten störte, dass er nicht unbedingt der größte Dreizehnjährige der Welt war.

»Entschuldige, wie war noch gleich dein Name?«, fragte mich die junge Reporterin mit gezücktem Kugelschreiber.

»Stella. Stella Stansfield«, antwortete ich und wurde dabei – wie ich glaube – ein bisschen rot, aber nicht vor Panik, sondern vor Stolz.

Nachdem wir alle für das Gruppenfoto posiert hatten, schritt die Reporterin nun auf der Bühne an der Reihe der Teilnehmer entlang und stellte noch ein paar einzelne Fragen.

»Ich fand deinen Auftritt gut, Stella – er war echt witzig.« Sie lächelte. »Eine schöne Abwechslung!«

»Ohne Megan hätte ich es nicht geschafft«, antwortete ich und zeigte auf meine Freundin, die sich theatralisch verbeugte.

Und das stimmte wirklich! Sobald wir auf der Bühne waren und ich anfing zu zeichnen, hatte ich gar keine Zeit mehr gehabt, an mein Lampenfieber zu denken, weil Megan dauernd Faxen machte und herumalberte, sobald ich wieder auf mein weißes Blatt schaute, das sich im Handumdrehen mit Strichen füllte. Einmal musste ich sie sogar resolut an ihren Platz zurückscheuchen, was natürlich nicht ohne ein Grinsen abging. Das Publikum fand ihre Mätzchen offenbar zum Schreien komisch. Und mich? Nun, ich bekam donnernden Applaus und ein verblüfftes »Oooooh!« zu hören, als ich nach den vereinbarten fünf Minuten mein DIN-A3 großes Blatt umdrehte und hochhielt. Und wieder konnten sich die Zuschauer nicht mehr halten vor Lachen, als Megan zum Abschluss auf den Händen von der Bühne marschierte.

Ich hatte noch immer nicht in Erfahrung bringen können, was genau gestern mit Megans Eltern los war oder warum Megan heute so spät gekommen war, aber das konnte vermutlich noch warten. Ich war noch wie berauscht von dem begeisterten Applaus und der Tatsache, dass mir das Ganze fast … na ja, *Spaß* gemacht hatte!

»Wirklich, deine Karikatur war großartig«, beharrte die Reporterin. »Und es war auch eine nette Idee, dass du deinen Namen ganz groß auf deinen Zeichenblock geschrieben hast, als der Moderator dich bat, dich vorzustellen!«

Eine nette Idee? Ich fand sie *genial*! Und ich war heilfroh, dass mir mein normalerweise eher lahmes Gehirn endlich mal einen kleinen Geistesblitz geschickt hatte.

»Hm, danke«, sagte ich verlegen, während ich nervös an dem Medaillon herumspielte, das ich noch von gestern umhängen hatte. »Ich glaube, ich …«

Klick!

Das war eher eine Empfindung als ein Geräusch gewesen. Das Gefühl, dass eine winzige Feder endlich aufsprang.

»Das Medaillon!«, murmelte ich, senkte den Kopf und hob es in Augenhöhe.

»Machst du Witze!«, keuchte Megan. »Du hast es *aufgekriegt*? WAHNSINN! Wie hast du das geschafft?«

»Keine Ahnung«, sagte ich lachend und meine Finger begannen so unkontrolliert zu zittern, dass ich die beiden Hälften des goldenen Ovals nur mit Mühe auseinander klappen konnte. »Ich habe gestern wirklich alles versucht, und jetzt eben habe ich es kaum *berührt*!«

Kaum berührt … »Eine sanfte Berührung kann manchmal Wunder bewirken …«, hatte die Bonbonlady gestern gesagt, und ich Schaf hatte nicht die leiseste Ahnung gehabt, was sie meinte.

Hatte sie etwa das Medaillon gemeint?

Könnte sie das Medaillon gemeint haben?

Aber *wie* um alles in der Welt hätte sie das Medaillon meinen können?

Diese Gedanken wirbelten mir durch den Kopf und sprudelten prompt über meine Lippen, als ich sah, was sich im Inneren des Medaillons verbarg: Haare hinter einem winzigen Glasrähmchen. Eine dicke, pechschwarze Locke!

»Es muss Elizes Medaillon sein! Diese Locke kann nur von Joseph stammen!«, flüsterte ich, und mir wurde fast schlecht vor Aufregung.

»Was ist das? Was hast du da?«, fragte die junge Reporterin neugierig und beugte sich über das aufgeklappte Medaillon.

Und da habe ich ihr alles erzählt. Alles, was ich in den letzten Wochen über diese Sache herausgefunden hatte. Da die junge Frau aus Portbay stammte, kannte sie die Sugar Bay und Josephs Haus natürlich. Aber was für eine enge Beziehung ich inzwischen zu Elize Grainger entwickelt hatte, konnte sie nicht ahnen: Ich wohnte im selben Haus wie sie, hatte beim Aufräumen meines Gartenhäuschens ein paar persönliche Gegenstände von ihr aufgestöbert und auch nach und nach herausgefunden, dass sie eine besonders innige Beziehung zum Hausdiener der Familie gehabt haben musste.

»Entschuldigst du mich kurz?«, sagte die junge Frau, nachdem ich ihr die ganze Geschichte erzählt hatte.

»Was gibt es hier Aufregendes?«, fragte TJ, der sich zu uns gesellte, nachdem er sich von seinem weiblichen Fanclub losgeeist hatte.

»Die Reporterin – Stella hat ihr gerade die Geschichte von Josephs Haus erzählt und wie wir das Medaillon gefunden haben und *alles*!«, klärte Megan ihn auf.

»Schau mal her!«

Ich hielt ihm das offene Medaillon unter die Nase und dachte flüchtig, dass es auf meiner Handfläche wie ein goldener Schmetterling aussah.

»Eine Locke?« Ratlos blinzelte TJ ein paar Mal, erstaunt und erstaunlich unbeeindruckt. Und dann ging ihm endlich ein Licht auf! »Meinst du, sie könnte von Joseph sein?«

Ich nickte, konnte jedoch nichts groß hinzufügen, da die junge Reporterin zurückkam.

»So, ich habe gerade mit unserem Fotografen gesprochen und wir würden gerne einen Artikel darüber bringen. Wie wär's mit heute, gleich nach dem Mittagessen? Können wir uns in der Sugar Bay treffen? Allerdings müsste eine oder einer von euch einen Elternteil mitbringen, aus rechtlichen Gründen, da …«

Der Rest ihres Satzes verschwamm in meinem benebelten Gehirn. Vielleicht habe ich auch vor Begeisterung so heftig genickt, dass die restlichen Wörter in meinem aufgeregten Spatzenhirn wie Kraut und Rüben durcheinander purzelten …

12. Kapitel

Hupps … hab ich total verschwitzt!

Donnerstagnachmittag – geplanter Verlauf:

TJ, Ellie und Bob waren nach Hause gegangen, Megan in ihren Wohnwagen, während Rachel (nach Rückfrage bei ihrer Mutter) mit zu mir zum Mittagessen gekommen war. Wir hatten ausgemacht, uns kurz vor zwei wieder bei Josephs Haus zu treffen, wo uns die Reporterin und der Fotograf der örtlichen Tageszeitung erwarten würden.

Gleich nach dem Talentwettbewerb am Morgen hatte ich Mum und Dad ganz aufgeregt von diesem Treffen erzählt, und Dad bot spontan an, sich als »begleitender Elternteil« zur Verfügung zu stellen – obwohl ihn das ein paar wertvolle Stunden seiner hochkarätigen Heimwerkertätigkeit kosten würde …

Ich fand das alles total aufregend und spannend. Oder, wie Megan sagen würde, SUPER! IRRE! und SPITZE!

Es gab da nur *ein* klitzekleines Problemchen …

Ich hatte meinen Eltern gegenüber nie erwähnt, dass ich jemals in der Sugar Bay war, und natürlich auch nicht, dass ich mich schon mehrmals in Josephs Haus herumgetrieben hatte. Deshalb waren sie aus allen Wolken gefallen, als ich im Beisein der Reporterin darauf zu sprechen kam. Und dann, beim Mittagessen, blieb mir keine andere Wahl, als mit weiteren Einzelheiten herauszurücken – sie würden es ohnehin am Samstag in der Zeitung nachlesen können!

»Oh, das klingt ja wirklich sehr interessant! Ich bin sehr gespannt auf die alte Villa!«, hatte Dad gesagt, ehe er Mum einen kurzen Blick zuwarf, in dem überdeutlich die Frage geschrieben stand: »Kannst du dir erklären, warum unsere Tochter neuerdings Geheimnisse vor uns hat?«

Okay, es war vielleicht etwas paranoid, aber irgendwie wurde ich das Gefühl nicht los, dass Dad eher Detektiv spielen als uns Gesellschaft leisten wollte.

Als wir dann auf dem Parkplatz des Feriencamps Meerblick ausstiegen (näher konnte man mit dem Auto nicht an die Sugar Bay fahren), hatte er von der Landspitze aus auf die kleine Bucht geschaut und gebrummt, dass sie überraschend weit weg sei.

Oh, oh, das klang nicht gut als Einstieg. Auf dem Weg hinunter zur Bucht waren wir eher schweigsam, weil man auf dem steilen Geröllweg auf jeden einzelnen Schritt achten muss. Dad, Rachel und ich konzentrierten uns deshalb mehr darauf, aufrecht zu bleiben, als zu plaudern. Beim Näherkommen winkte ich TJ, Ellie und Bob zu, die offenbar schneller gewesen waren als wir. Megan winkte ich auch zu, aber sie konnte nicht zurückwinken, da sie gerade Rad schlagend den Sand durchpflügte.

»Schaut euch das an!«, rief Megan wenig später, als sie

ihre Turnübungen auf dem riesigen (vergammelten) Holzfußboden im Ballsaal von Josephs Haus fortsetzte.

»Erzähl … was war eigentlich gestern Abend los – mit deinen Eltern und Naomi?«, fragte ich, während ich immer wieder nervös durch das scheibenlose Fenster ins Freie spähte.

Ich fühlte mich irgendwie unbehaglich, als ich sah, wie Dad während seiner Unterhaltung mit der Reporterin immer wieder das Haus beäugte – mit Blicken, die verdächtig an den skeptischen Typen vom Baudezernat erinnerten, der gestern bei uns zu Hause gewesen war …

Megan machte endlich eine kurze Pause, richtete sich auf und strich sich die Haare aus dem Gesicht.

Dass wir uns kurz ohne Dads Aufsicht sprechen konnten, verdankten wir allein der Tatsache, dass der Fotograf irgendeine spezielle Linse vergessen hatte und noch einmal an seinen Wagen gehen musste. Die Reporterin wartete ungeduldig auf seine Rückkehr, und nachdem sie sich schnell ein paar Stichworte zu dem Medaillon notiert hatte, verbrachte sie die übrige Wartezeit nun mit einem kleinen Plausch mit meinem Vater.

Deshalb waren Megan, Rachel, TJ, Ellie und ich im Moment im Ballsaal ungestört und nur den Blicken des großen Kronleuchters ausgesetzt. (Bob war draußen, in dem verwilderten Garten und hielt sein Mittagsschläfchen, nur den Blicken der Sonne ausgesetzt.)

»Echt, auf dem Heimweg habe ich Naomi ein Pfefferminzbonbon nach dem anderen in den Mund gestopft, damit sie nicht mehr nach Apfelwein stinken würde«, sagte Megan kopfschüttelnd.

»Apfelwein?«, wiederholte ich, obwohl es mich nicht im Geringsten überraschte, dass Megans Schwester betrunken gewesen war – ich fand es nur interessant zu wissen, *womit* sie das bewerkstelligt hatte. Wie Si und sie an dieses Zeug gekommen waren, war mir allerdings schleierhaft, da beide noch minderjährig waren (*sehr* sogar, in Naomis Fall).

»Ja, sie waren nämlich gar nicht im Kino in Westbay; ein Freund von Si hatte ihnen eine Flasche Apfelwein besorgt und damit saßen sie den halben Abend am Strand herum!«

»Und haben eure Eltern etwas gemerkt?«, fragte TJ.

»Nö, stellt euch vor, sie haben es Naomi abgenommen, dass sie sich den Magen verdorben hatte – zumindest hat Naomi das noch gestammelt, ehe sie wie tot ins Bett fiel«, sagte Megan mit einer Stimme, die wesentlich weniger aufgedreht klang als sonst. »Mich schickten sie dann auch gleich ins Bett und sagten, wir würden uns am Morgen unterhalten. Da wusste ich, dass etwas in der Luft lag. Und deshalb bin ich auch fast zu spät zu deinem Auftritt gekommen, Stella. Ich musste mir eine lange Strafpredigt anhören von wegen sich bis spätabends mit Freunden herumtreiben. Und was für eine großartige Schwester Naomi sei, weil sie extra meinetwegen so lange geblieben ist, um auf mich aufzupassen, wo die Arme doch soooo krank war!«

»Und du hast dich nicht gewehrt?«, fragte Rachel stirnrunzelnd. »Wieso hast du nicht endlich gesagt, dass euer Zuspätkommen allein die Schuld deiner egoistischen Schwester und meines egoistischen Bruders war und keinesfalls *deine*?«

»Ich war drauf und dran«, sagte Megan und schaukelte langsam vorwärts und rückwärts, als wenn sie am liebsten wieder ein Rad schlagen würde, um sich zu beruhigen. »Aber wenn ich *damit* herausgerückt wäre, hätte ich auch alles andere, die vielen *Lügen* gestehen müssen. Jedenfalls endete das Ganze damit, dass *ich* die böse, rücksichtslose Schwester und an allem schuld bin.«

Auweia – apropos Schuld: Was meine Eltern, mich und Josephs Haus anging, lag etwas ganz Ähnliches in der Luft.

Ehrlich, die Art, wie Dad das Haus von oben bis unten beäugte, gefiel mir ganz und gar nicht. Man hätte meinen können, er würde eine riesige, hochgefährliche *Bären*falle begutachten.

»Ich habe irgendwie kein gutes Gefühl …«, murmelte ich, direkt bevor – Patsch! – die durchgeknallte Seemöwe auf der Fensterbank direkt in unserer Nähe landete – und uns alle zu Tode erschreckte. Unbeirrt legte sie dann den Kopf schief und setzte zu einem höchst jammervollen »Kraaaah …« an.

13. Kapitel

Die große Blödel-Modenschau

Ich wurde ernsthaft verwarnt.

Mir wurde verboten, jemals wieder einen Fuß in Josephs Haus zu setzen.

Erstaunlich, wenn man bedenkt, wie sehr sich meine Eltern gefreut hatten, als sie erfuhren, dass ihre Tochter in einem Artikel in der örtlichen Zeitung erwähnt werden würde! Doch nachdem Dad den Zustand von Josephs Haus mit eigenen Augen gesehen hatte, war es vorbei mit seiner Begeisterung …

»Stella, ich kann ja verstehen, dass dich das alte Herrenhaus fasziniert«, sagte Dad auf der Heimfahrt. »Aber es steht auf der Abrissliste – und das aus gutem Grund! Es ist gefährlich!«

Ich konnte nichts darauf sagen – ich starrte nur angestrengt durch das Wagenfenster und versuchte, vor Enttäuschung nicht in Tränen auszubrechen.

Der Gedanke, dass ich nie wieder durch die gespenstisch leeren, traurigen Räume schlendern würde und mir vorstellen konnte, wie hell und prachtvoll und voller Leben sie einst waren … war einfach unerträglich. Es war fast, als müsste ich den tiefen Schmerz von neulich, als wir unserer

Londoner Wohnung Lebewohl sagen mussten, ein zweites Mal durchleben, als müsste ich erneut innerhalb kurzer Zeit ein altes Leben hinter mir lassen. Nur dass es im Fall der alten Villa in der Sugar Bay nicht *mein* Leben war, das ich zurückließ, sondern das von Elize und Joseph.

»Ich bin kein Experte, aber jeder Laie kann sehen, dass das Dach in einem miserablen Zustand ist. Und die Fußbodenbretter und die Treppe können jeden Moment zusammenbrechen. Und dann überall die kaputten Glasscheiben! Ich darf gar nicht daran denken, dass du die ganze Zeit durch ein Fenster eingestiegen bist! Wenn du mit der Hand oder einem Arm an eine der herausstehenden Scherben gekommen wärst, hättest du dir eine Pulsader aufschneiden können und wärst verblutet! Und wie lange hätte es gedauert, bis ein Krankenwagen bei dir gewesen wäre? Und dann sind da noch diese …«

Ich blendete seine Stimme für einen Moment aus. Es spielte keine Rolle, wie viele Gründe er noch aufzählen würde oder ob die Gefahren, die er nannte, real waren. Dass das Ganze auf ein Hausverbot hinauslaufen würde, war mir absolut klar.

»… und du als großer Bruder begreifst sicher, dass du Ellie nicht vorsätzlich in Gefahr bringen darfst, nicht wahr, TJ?«

Bei diesen Worten hatte Dad in den Rückspiegel geschaut. In meinem Kummer hatte ich ganz vergessen, dass unser Rücksitz proppenvoll war. Denn dort saßen, eng wie Ölsardinen in einer Dose, TJ, Rachel, Ellie und Bob – auf und zwischen zwei Kindersitzen. (Megan war vom Parkplatz aus gleich in ihren Wohnwagen zurückgekehrt, nachdem wir ausgemacht hatten, wann wir uns später wieder treffen würden.)

»Hm, ja …«, murmelte TJ betreten.

»Nun wieder zu dir, Stella«, sagte Dad mit einer äußerst sanften, verständnisvollen Stimme (was das Ganze irgendwie noch schlimmer machte): »Ich glaube, dass dir von Anfang an bewusst war, wie gefährlich dieses Haus ist, denn sonst hättest du deiner Mutter und mir deine gelegentlichen Ausflüge sicher nicht verheimlicht, oder?«

Er hatte recht! Aber mir, zu allem Kummer hin, nun auch noch ein schlechtes Gewissen zu machen, machte alles noch tausendmal schlimmer, als es ohnehin schon war. Daran konnte auch sein sanfter und verständnisvoller Tonfall nichts ändern …

Weil ich so niedergeschlagen war, waren meine Eltern den ganzen Tag über äußerst nett und freundlich zu mir, was meine Gewissensbisse natürlich nur noch verstärkte. Sie waren auch sofort einverstanden, als ich fragte, ob ich am späten Nachmittag zu TJ gehen dürfe, um eine DVD anzuschauen, und setzten mich mit einer Riesentüte Chips vor seinem Haus ab. Aber trotzdem war ich noch immer total am Boden. Ich kam mir vor, als hätte ich gegen eine Herde Büffel gekämpft und verloren. Und zwar grandios …

»Hier«, sagte TJ und drückte mir etwas in die Hand.

Dass er das Zimmer verlassen hatte, fiel mir überhaupt erst auf, als er plötzlich wiederkam. Aber andererseits hatte ich mir gerade einen kompletten Film angeschaut und nur am Rande mitbekommen, worum es ging und wer mitspielte. Und dass ich mir ab und zu ein Toffee-Popcorn in den Mund steckte, hatte ich auch kaum registriert. Geistesabwesend hatte ich mich ein bisschen mit Rachel und Megan unterhalten – Megan machte sich Sorgen, was Naomi wohl gerade anstellte –, doch in Gedanken war ich immer wieder abgeschweift – zur Sugar Bay.

»TJ!«, sagte Ellie kichernd. »Du siehst aber *doof* aus!«

»Gut! War auch meine Absicht!«

Erst da drehte ich den Kopf und sah, dass TJ mir etwas Glitzerndes mit Pailletten hinhielt. Mir fiel auch auf, dass er einen schlaffen, violetten Hut mit ebenso schlaffen pinkfarbenen Blumen auf dem Kopf hatte und baumelnde Clips an beiden Ohren trug. Dazu trug er eine weiße Fleecejacke, die wie eine voluminöse Schwimmweste aussah. Seine Jeans steckten in pinkfarbenen Cowboystiefeln, seine Finger in gelben Gummihandschuhen.

»Ähm, wieso das?«, fragte ich und beäugte ihn ratlos von Kopf bis Fuß.

»Weil uns im Moment etwas langweilig ist. Deshalb

könnten wir schon mal unsere eigene Version der Wahl der Festivalprinzessin abhalten …«, antwortete TJ mit einem breiten Grinsen. »Nennen wir es … die Blödel-Modenschau! Meine Mutter hat einen unglaublichen Vorrat an verrückten Klamotten. Hier, schau das mal durch, Stella, ich hole inzwischen noch etwas Nachschub!«

»Ich helfe dir! Ich will dir helfen!«, quiekte Ellie und sprang begeistert auf. »Darf ich Mums Schuhe mit den Kirschen dran anziehen? Und ihr todschickes Nachthemd …?«

Als Ellie hinter ihrem großen Bruder aus dem Wohnzimmer rannte, tauschten Rachel, Megan und ich einen kurzen Blick aus. Wie nicht anders zu erwarten, grinste Megan von einem Ohr zum anderen, da sie für jeden Blödsinn zu haben war. Rachel dagegen verkroch sich noch tiefer in ihre Sofaecke und verzog das Gesicht. Einen unerwarteten Anfall zu bekommen, war die eine Sache, aber ich glaube nicht, dass sie sich jemals im Leben freiwillig lächerlich gemacht hatte. Ähnlich wie ihr Bruder Simon war Rachel *viel* zu cool für solchen Kinderkram.

»Das wird ein WAHNSINNS-Spaß!«, lachte Megan und zog schon ihr Sweatshirt aus, um sich als »Blödel« zu verkleiden.

»Aber was wird seine Mutter sagen?«, fragte ich nervös, als ich ein mit Perlen besticktes, pinkfarbenes, hauchdünnes Etwas hochhielt. Hoffentlich würde Mrs O'Connell wirklich erst spät von ihrer Aufführung zurückkommen –

sprich: erst dann, wenn TJ das alles wieder aufgeräumt haben würde.

»Hm … wisst ihr was? Ich glaube, ich schaue lieber nur zu«, sagte Rachel.

»Kommt nicht infrage!«, brüllte TJ vom Flur aus.

Es kostete beträchtliche Überzeugungsarbeit, doch schließlich gab Rachel klein bei. Vermutlich wollte sie doch nicht als die große Spielverderberin und Außenseiterin dastehen.

»Ich hasse euch«, schimpfte sie, als sie sich im Spiegel betrachtete. Aber ich sah ganz genau, dass ihre Mundwinkel zuckten. Kein Wunder, wo sie ein apartes Ballkleid mit Pünktchenmuster aus den fünfziger Jahren trug (über ihrem T-Shirt und ihrer Ellesse-Sporthose), Rollschuhe (TJs Mutter hatte sich einmal um eine Rolle in einem Rollschuh-Musical beworben, allerdings ohne Erfolg) sowie Ellies Antennenhütchen.

»Damit würde ich aber lieber keinen Stepptanz probieren«, feixte Megan mit Blick auf die Rollschuhe.

»Und ich würde an deiner Stelle *damit* lieber kein Rad schlagen!«, feixte Rachel zurück und beäugte das bodenlange, hautenge Leoparden-Schlauchkleid, in das Megan geschlüpft war. Für ein burschikoses Mädchen wie sie war es ein absolut atemberaubendes Outfit – nicht zuletzt auch deshalb, weil sie dazu schwarze High Heels und eine Federboa trug. Doch um nicht allzu mondän auszusehen, hatte Megan ihren Sexy-Look in letzter Minute noch mit einem rot karierten, keck aufgesetzten Teewärmer aus der Küche gekrönt.

Mein eigener Look war auch nicht von schlechten Eltern: Wanderschuhe und eine dazu passende gestreifte Pudelmütze samt Wollschal vervollständigten das glitzernde Bauchtanzkostüm, das Mrs O'Connell günstig auf einem Flohmarkt erstanden hatte, in der Hoffnung, es irgendwann mal in eines ihrer Theaterstücke einbauen zu können. (Wie TJ sagte, war das jedoch bisher nicht der Fall gewesen.) Das Bauchtanzkostüm bestand aus einem weiten, mit Perlen bestickten, rosa Chiffonrock und einem dazu passenden glitzernden Büstenhalter (der mein bananengelbes T-Shirt von TopShop, das ich darunter trug, äußerst apart zur Geltung brachte).

»Hey, ratet mal, wer ich bin!«, rief ich, streckte den Hintern heraus und schmetterte den Refrain von »Can't Get You Out Of My Head«.

TJ, Rachel und Megan wollten sich ausschütten vor Lachen über meine gelungene Kayleigh-Imitation, während Ellie – in einem violetten Seidennachthemd und mit Lippenstiftkringeln als Rouge-Ersatz auf den Wangen – viel zu sehr damit beschäftigt war, Bob ihre Feenflügel überzustülpen, um auf uns ausgeflippte Teenies zu achten.

»Und was nun?«, fragte Megan, nachdem wir uns wieder einigermaßen beruhigt hatten.

»Modenschau!«, verkündete TJ. »Ich suche mal nach der passenden Musik!«

So kam es, dass wir einzeln über den Wohnzimmerteppich schritten (Shimmy tanzten oder Rollschuh liefen, je nach Kostüm), und zwar zu den Klängen einer grässlichen, schrillen CD namens *Rock Divas Rock!* aus Mrs O'Connells Fundus. (TJs eigene Sammlung an Indie- und Hip-Hop-CDs wäre nicht *annähernd* albern genug gewesen für die Wahl zum Blödel des Jahres.)

»Okay, und wer hat gewonnen?«, fragte TJ – der sich zudem als Fotograf betätigt hatte, nachdem wir alle mindestens fünfmal über den »Laufsteg« getänzelt waren, weil wir einfach nicht mehr aufhören konnten. »So, jetzt wird abgestimmt. Das machen wir schriftlich!«

Nach einigem Suchen saßen wir schließlich alle mit einem von Ellies Wachsstiften vor einem Zettel. Es war keine leichte Entscheidung, wir waren alle phantastische Blödel – jeder auf seine Art. Aber für mich war Rachel die klare Siegerin, denn sie hatte sich wirklich ins Zeug gelegt und eine supertolle, Schnute ziehende, kränklich wirkende Kate-Moss-Imitation hingelegt. Hm, eventuell auch Bob, aus dem einfachen Grund, dass man wirklich nur höchst selten einen zotteligen Schäferhund mit Feenflügelchen zu Gesicht bekam.

»Okay, die Zeit ist um! Zettel umdrehen!«, befahl TJ.

Rachel stand auf TJs Zettel,

RACHEL!! (auf Megans),

Megan (auf Rachels),

Rachel (auf meinem),

Ich (auf Ellies Zettel).

»Gut, die Siegerin steht fest!«, verkündete TJ. »Rachel, würdest du dich bitte erheben! Hey, wo ist die Krone?«

Flugs riss Ellie ihrem in der Nähe sitzenden Panda-Plüschbären das silberne Diadem vom Kopf und reichte es ihrem großen Bruder.

»Rachel Riley, hiermit ernenne ich dich zum Blödel des Jahres!«

TJ musste sich auf die Zehenspitzen stellen, um Rachel das Diadem aus hochwertigem, reinem Plastik aufzusetzen. Da Rachel sowieso um einiges größer war als er und im Moment noch Rollschuhe an den Füßen hatte, klaffte zwischen ihnen eine *noch* größere Lücke als sonst. Ich fand es echt rücksichtsvoll von ihr, dass sie in die Knie ging, um TJ die Sache etwas leichter zu machen.

»Oh, danke, vielen herzlichen Dank – *whoa*!«, rief Rachel Grimassen schneidend, nachdem sie sich wieder aufgerichtet und offenbar Mühe hatte, im Gleichgewicht zu bleiben. »Ich möchte mich an dieser Stelle noch ganz besonders bei meinen Stylistinnen bedanken und auch bei Bob – dafür, dass er den ganzen Abend über nicht *ein*mal gefurzt hat und …«

Rachels Dankesrede fing herrlich albern an und wäre

sicher noch eine Weile so weitergegangen, wenn Megans Handy nicht plötzlich gebimmelt und sie aus dem Konzept gebracht hätte.

»Himmel, wie spät ist es?«, sagte Megan erschrocken und zog ihr Stretchkleid so hoch, dass sie das Handy aus ihrer Jeanstasche ziehen konnte.

»Es ist … gerade neun«, antwortete TJ nach einem Blick auf die Uhr auf dem Kaminsims.

»Naomi hatte versprochen, mich um acht anzurufen, um einen Treffpunkt zu vereinbaren«, murmelte Megan betreten, als sie das Handy endlich in den Fingern hatte. Ihr Gesicht wurde noch länger, als sie auf das Display starrte. »O Gott – es ist Dad!«

Wie ein geübter Spitzenverteidiger machte TJ einen Hechtsprung zum CD-Player, um die laute Musik abzudrehen.

»Hm, hallo, Dad! Nein, alles in Ordnung. Du konntest Naomi nicht erreichen? Hmmm … vielleicht ist ihr Akku leer. Oh, wirklich? Ähm, tut mir leid, wir haben völlig vergessen, auf die Uhr zu schauen! Ja … ja … ja, ihr geht es gut. Tut mir echt leid. Nein, es ist meine Schuld … Ich sagte doch schon, dass wir vor lauter Spaß die Zeit vergessen haben!«

Während Megan sich wortreich entschuldigte, schnitt sie eine gequälte Grimasse nach der anderen.

»NEIN! Nein … du musst uns nicht abholen kommen!«,

quiekte sie plötzlich erschrocken und schaute uns Hilfe suchend an.

»Ähm … meine Mutter wollte euch doch heimfahren, Megan!«, rief TJ plötzlich laut – so laut, dass Megans Dad es unweigerlich hören musste.

Während Megan diese Nachricht noch einmal direkt ins Handy sagte, für den Fall, dass ihr Vater es noch nicht mitbekommen hatte, hob Ellie den Kopf und schaute ihren großen Bruder ratlos an.

»Mum ist doch gar nicht da!«, sagte sie mit Unschuldsmiene. »Und ein Auto hat sie auch nicht.«

»Pssst«, raunte TJ ihr zu. »So etwas nennt man ›Zeit schinden‹.«

Ich glaube, TJ, Rachel und mir schoss der haargenau gleiche Gedanke durch den Kopf: Wenn TJs Mutter ein Auto hätte, könnten Megans Eltern in ungefähr fünf Minuten mit dem Auftauchen ihrer Töchter rechnen. Doch das war völlig ausgeschlossen: Erstens war Mrs O'Connell nicht da, zweitens hatte sie kein Auto, und drittens – was noch entscheidender war – war weit und breit keine Naomi in Sicht …

»Wah – wah – wah – wah – wah – wah – wah!«

Das war TJ, der plötzlich eine komische Anwandlung hatte: Er hielt sich die Hände vor den Mund und gab gedämpfte, verstümmelte Silben von sich.

»Hey, Megan!«, fuhr er dann mit normaler Stimme fort.

»Mum hat gerade aus … hm, aus der *Küche* gerufen, dass sie … ähm, zuerst noch etwas erledigen muss. Deshalb könnte es noch ungefähr eine halbe Stunde dauern. Ist das okay?«

Megan – die ihr sexy Kleid noch immer um den Bauch gewickelt hatte und die Schultern hängen ließ, als wenn sie vom Gewicht der Federboa erdrückt würde – schaute im ersten Moment etwas dämlich drein … doch dann machte es »klick« in ihrem Kopf. Sie begriff, was TJ im Sinn hatte, und gab die Info an ihren offenbar alles andere als begeisterten Vater weiter.

»Das war SPITZE!, TJ!«, rief Megan, sobald sie das Gespräch beendet hatte und noch im selben Moment Naomis Kurzwahlnummer drückte. »O nein … immer noch die Mailbox! Du meine Güte – Mensch, Naomi! Ich bin's! Wo STECKST du? Wir kriegen ein RIESENPROBLEM, wenn du mich nicht AUF DER STELLE zurückrufst!«

Dass Rachel in dieser akuten Krisensituation nichts Besseres zu tun hatte, als ihr eigenes Handy herauszuziehen und darauf herumzutippen, fand ich im ersten Moment etwas rücksichtslos von ihr.

Doch als ich hörte, was sie dann sagte, entschuldigte ich mich im Geiste sofort bei ihr.

»Si … Si … kannst du mich hören? Was ist das für eine Musik? Hey, wo bist du?«

TJ, Megan und ich … ich glaube, im ersten Moment sahen wir aus wie die *dümmsten* menschlichen Standbilder, die die Welt je gesehen hatte, als wir in unseren verrückten Verkleidungen wie erstarrt dastanden und mitzukriegen versuchten, was Rachels Gesprächsteilnehmer zu sagen hatte.

»*Was?!* Hey, dass ich dich *belästige*, liegt nur daran, dass ich *weiß*, dass du mit jemandem zusammen bist, der zufällig Naomi heißt! Und ich weiß *auch*, dass du sie besser auf der Stelle in ein Taxi setzt! Wenn sie nicht in spätestens zehn Minuten hier bei TJ einläuft, laufen ihre Eltern nämlich *Amok*!«

Rachel klang sehr resolut und aggressiv. (Ein Glück, dass ihr großer Bruder nicht sehen konnte, was sie im Moment anhatte, sonst wäre Rachels Autorität im Eimer gewesen!)

»Weil sie die Schwester meiner Freundin Megan ist, wenn du es *genau* wissen willst!«

Megan war zwar in heller Panik, doch ich konnte sehen, dass ihre Wangen bei Rachels letzten Worten vor (positiver) Überraschung rot anliefen.

»Nein, ich lasse dich *nicht* in Ruhe, Si! Ich mische mich normalerweise nicht in dein Leben ein, und ich hab Mum und Dad auch nie erzählt, was du so alles treibst! Aber wenn du nicht umgehend dafür sorgst, dass diese Naomi hier eintrudelt, und zwar dalli, werde ich ihnen sagen müssen, dass du gestern Abend getrunken hast! Ja, ich war zufällig *auch* im Café – du hast mich nur nicht gesehen, weil du so sternhagelvoll warst! Wie im Moment vermutlich auch!«

Nach einer kurzen Pause – die Zeitspanne, die Si offenbar brauchte, bis ihm die Bedeutung von Rachels Worten aufging – gab Rachel TJs Adresse durch.

»Maximal zehn Minuten, verstanden? Und sag dem Taxifahrer, dass er warten soll, denn Megan steigt zu. Und dann soll er die beiden ins Feriencamp hochfahren. Alles klar?«

»Ist dir nicht gut?«, fragte ich besorgt, als ich sah, wie niedergeschlagen Megan über der Armlehne der Couch hing.

»Es war ein ziemlich anstrengender Tag …«, murmelte Megan, und ihr Teewärmerhut rutschte bedrohlich weit seitwärts.

»Sprich dich aus«, sagte ich mit einem verständnisvollen Nicken, weil ich sofort wieder an Josephs Haus denken musste, während ich den Kopf der langhaarigen Schäferhund-Fee tätschelte, die gerade zu mir gekommen war und sich an mein Bein lehnte.

»O nein … Bob!«, rief Rachel entsetzt aus und verzog angewidert das Gesicht, während sie mit einer Hand ihr Handy zuschnappen ließ und mit der anderen vor ihrem Gesicht herumwedelte.

»Entschuldige«, sagte TJ, als ein überwältigend intensiver Furzgestank das Zimmer füllte. »Das muss an dem Karamell-Popcorn liegen – es hat bei ihm dieselbe Wirkung wie Katzenfutter.«

Bob schaute mich mit seinen großen braunen Augen an und hechelte zufrieden. Der Glückliche! Er hatte keine Ahnung, was wir anderen heute alles durchgemacht hatten an Aufregung, Nervenkrisen, Schuldgefühlen, Frust und Stress.

Ich weiß nicht, wie es den anderen erging, doch mit einem Mal wünschte ich sehnlichst, ich wäre auch eine zufrieden furzende Fellfee. Für einen Hund war das Leben sicher um *einiges* weniger kompliziert …

14. Kapitel

Unschuldslämmer als Sündenböcke

Heute war einiges los:

Heute war Freitag.

Heute war das Finale des Talentwettbewerbs.

Heute fand die Wahl der Festivalprinzessin statt.

Heute war Megans letzter Tag in Portbay.

Ähmm …

Echt, letztere Tatsache hatte ich total verdrängt, bis Megan sie gerade am Telefon erwähnte. Sie hatte mich angerufen, um zu fragen, wann wir uns an der Strandtribüne treffen würden, um Ellie und TJ beim großen Finale anzufeuern.

»Klar, Mum und Dad waren natürlich ziemlich sauer«, hatte sie gleich am Anfang gestöhnt, als ich nach dem gestrigen Empfang im Wohnwagen fragte. (Das Taxi mit Naomi darin war tatsächlich schon knappe fünf Minuten später vor TJs Haus vorgefahren, was bewies, dass Rachel mit ihrem emotionalen Erpressungsversuch bei Si voll ins Schwarze getroffen hatte.) »Ich glaube, sie hätten uns am liebsten Hausarrest gegeben – das heißt, natürlich nur mir, weil ich ja angeblich an allem schuld war – doch da heute unser letzter Tag ist …«

Dieser kleine Nebensatz traf mich wie ein Schlag ins Gesicht. Verdattert saß ich mit dem Telefon in der Hand vor dem Computer, während Peaches schnurrend zwischen mir und der Tastatur lag.

Das Komische war, dass ich mich in den letzten Tagen so an dieses laute, herrlich alberne, überraschend nette, ständig Rad schlagende Mädchen gewöhnt hatte, dass mir der Gedanke, sie demnächst nicht mehr zu sehen, richtig *weh*tat.

»Was?«, krächzte ich so entsetzt, dass Peaches erschrocken blinzelte.

»Klar, mein letzter Tag … morgen fahren wir nach HAUSE! Wahrscheinlich so gegen zehn Uhr morgens. Hoffentlich habe ich vorher noch genügend Zeit, um die Tageszeitung zu kaufen und zu sehen, was über UNS und das Medaillon drinsteht …«

Ach ja, das Medaillon. Es lag inzwischen, in Seidenpapier eingewickelt, in der Schreibtischschublade in meinem Gartenhäuschen. Wer weiß, wenn die Leute vom Museum morgen diesen Zeitungsartikel lasen, wären sie vielleicht plötzlich ganz *wild* darauf.

»Aber falls ich nicht mehr dazukomme, die Zeitung zu kaufen, würdest du sie mir dann bitte nachschicken, Stella?«, fragte Megan. »Ich meine, falls du eventuell meine Adresse haben möchtest?«

»Falls du möchtest, dass wir eventuell Freundinnen

bleiben?«, fragte ich grinsend zurück, denn ich hatte sofort begriffen, was sie damit sagen wollte.

In diesem Moment, noch ehe ich die Chance gehabt hätte, »ja, natürlich« zu sagen, rollte sich Peaches genüsslich auf die Tastatur und schrieb mit seinem pelzigen Rücken »gnm,ryyyyyy5rffffff4567809987rt55 34cdeew3r4TYUIIIII« direkt in die E-Mail, die ich gerade für Frankie angefangen hatte, ehe Megans Anruf dazwischenkam.

»Klar *musst* du mir deine Adresse geben. Und deine E-Mail-Adresse!«, sagte ich, während ich Peaches zärtlich am Kinn kraulte, um mich bei ihm dafür zu bedanken, dass er mich an die Segnungen der Computertechnologie erinnert hatte.

»SUUUUPER!«, rief Megan begeistert.

Hmmmmm … Ob sie wohl auch in Großbuchstaben mailen würde?

»SUUUUPER!«, rief Megan auch jetzt, als wir mit Rachel und einem schlafenden Bob im Sand saßen und begeistert Beifall klatschten, als Ellie sich verbeugte (und gleich darauf nicht mehr zu sehen war, da sie ja so klein war).

Ihre Version von »Katzen brauchen furchtbar viel Musik« war diesmal etwas anders ausgefallen als in der Vorrunde. Für das heutige Finale hatte sie ein sehr auffälliges, eng anliegendes, pinkfarbenes Gymnastiktrikot und eine pinkfarbene Strumpfhose gewählt, ihre schwarzen

Stepptanzschuhe und ein Plastik-Diadem (»Hey, das war *mein* Diadem als Blödelprinzessin!«, hatte Rachel scherzhaft genölt, als Ellie damit auf die Bühne gehüpft war). Ah, noch etwas: Als schmückendes Beiwerk hatte sie sich eine schwarze Stoffkatze unter den Arm geklemmt.

Warum hat sie mich nicht gefragt, ob ich ihr Peaches ausleihe? Er hätte sicher »ja« miaut – und anwesend war er sowieso. Im Moment hatte er es sich am Rand der Strandpromenade gemütlich gemacht, und obwohl er die Augen wegen der Mittagssonne halb geschlossen hatte und sein Schwanz träge hin und her zuckte, wusste ich, dass er das Geschehen auf der Strandtribüne aufmerksam verfolgte.

Ihr Outfit und die Stoffkatze waren allerdings das *Einzige*, was an Ellies Auftritt heute anders war. Ihr Lied und ihre Tanzschritte rauschten wieder in derselben Überschallgeschwindigkeit am Publikum vorbei, obwohl Mrs O'Connell direkt neben der Bühne stand und ihrer Tochter ständig zuraunte: *»Langsamer! Viiiiiel langsamer!«*

Doch leider war Ellie so in ihr Tun vertieft, dass sie ihre Mutter gar nicht wahrnahm. Nun ja, es hätte vermutlich auch nichts genützt, wenn ich während der Aufführung von *Das Brüllen des Regenwalds* hinter den Kulissen gestanden und permanent gewispert hätte: *Versuch, nicht so zu tun, als würdest du Wäsche aufhängen! Beweg dich wie ein Panther!*

Doch wie dem auch sei – das Publikum war jedenfalls

begeistert von Ellies kindlichem Charme und klatschte und johlte minutenlang.

Mit Ausnahme einer Gruppe von Teenies, die natürlich nichts Besseres zu tun hatten, als »Buh!« zu grölen.

»Haben die ein Problem?«, fauchte ich, drehte den Kopf und war nicht sonderlich überrascht, Kayleigh, Hazel und Brooke zu sehen, die Sam und seine jaulenden Gefährten anhimmelten, als wären diese die größten Witzbolde auf dem Planeten.

»Klar – sie sind total hohl im Kopf, das ist ihr Problem!«, schnaubte Rachel und bedachte die Hohlköpfe mit einem giftigen Blick. Tja, wenn Blicke töten könnten …

Aber weißt du was? Obwohl Rachel und ich stinksauer waren, beschränkten wir uns darauf, über Kayleigh, Sam und die anderen zu *lästern*.

Nicht aber Megan, *o* nein!

Rachel hatte den Mund kaum zugemacht, als Megan wie von der Tarantel gestochen aufsprang und an den Unmengen von angezogenen oder ausgestreckten Beinen im Sand vorbeistürmte, um die … hm, die *Hohlköpfe* zur Rede zu stellen.

»Wie könnt ihr ein fünfjähriges Mädchen ausbuhen?!«, hörten wir sie fauchen. Mit hochrotem Kopf und geballten Fäusten hatte sie sich vor ihnen aufgebaut. »Bei jemandem in *eurem* Alter traut ihr euch wohl nicht, ihr Feiglinge!?«

Dann machte sie auf dem Absatz kehrt, um wieder zu

uns zurückzustapfen. Wir hörten das erwartete Hohngelächter der Bande, das jedoch rasch wieder verebbte, als alle Umsitzenden laut »ja, genau!« riefen und zustimmend Beifall klatschten.

Megan drehte sich jedoch nicht mehr um, um zu sehen, wie Kayleigh und Sam und die anderen kleinlaut die Köpfe einzogen. Mit großen Augen, in denen »ich kann es nicht glauben, dass ich mich *das* getraut habe!« geschrieben stand, kam sie wieder bei uns an.

»Du warst *spitze*!«, sagte Rachel lachend und fiel Megan vor Begeisterung um den Hals, als diese neben uns in den Sand plumpste.

»Irre, dass ich mich wirklich getraut habe!«, sagte Megan, schockiert und zufrieden zugleich. »Aber mich hat auf einmal eine solche WUT gepackt, dass ich mich nicht beherrschen konnte!!!«

»Das solltest du deiner Schwester gegenüber vielleicht auch mal versuchen«, schlug ich vor.

Ein Schatten huschte über Megans Gesicht.

»Nö … ich habe viel zu viel Angst davor, dass sie dann nicht mehr mit mir spricht«, sagte sie leise.

»Das würdest du überleben«, sagte Rachel mit einem gleichgültigen Schulterzucken. »Simon hat mich heute auch mit Verachtung gestraft, weil ich ihn gestern Abend mit meinem Anruf auf der Party belästigt habe. Aber er wird sich schon wieder beruhigen. Tut er immer. Geht mir genauso, wenn *ich* mal sauer auf ihn bin, weil er mich tödlich genervt hat. Irgendwann ist die Sache vergessen.«

Aber es war nicht der richtige Zeitpunkt, um Geschichten über eingeschnappte Geschwister auszutauschen, weil Ellie auf der Bühne von ihrem großen Bruder abgelöst wurde. Und wow – das Publikum fand TJs Jonglieren (und Herumalbern) offenbar genauso unterhaltsam wie zuvor das Liedchen und den Tanz seiner kleinen Schwester.

Und wieder waren die Zuschauer begeistert und klatschten, jubelten und riefen »Aaaaah«. Im Falle von TJ lag es jedoch nicht daran, dass sie ihn so niedlich fanden wie Ellie, sondern an Mitgefühl, weil der Arme nämlich – hupps! – auf einmal alle Bälle verlor, mit denen er eben noch jongliert hatte, ausgerechnet in dem Moment, als seine Faxen und sein Jonglierakt größte Begeisterungsstürme auslösten.

»Wisst ihr was?«, flüsterte ich Megan und Rachel zu, weil es in meinem Kopf plötzlich »klick« gemacht hatte. »TJ hat es absichtlich vermurkst, damit Ellie gewinnt!«

Und es war anzunehmen, dass Ellie gewinnen würde, weil ihr Hochgeschwindigkeitsauftritt wieder einmal total süß gewesen war.

Aber man soll den Tag bekanntlich nicht vor dem Abend loben. Ein weiterer Auftritt stand uns noch bevor …

Und auf einmal fiel mir auf, dass es während TJs Auftritt bislang keinerlei Buhrufe gegeben hatte. Lag es etwa an Megans Heldentat? Oder daran, dass die Umsitzenden Sam und den anderen zu verstehen gegeben hatten, wie störend sie ihr Gegröle fanden? Oder war es deshalb, weil Kayleigh ihre »besten«, beziehungsweise »schlimmsten« Freunde verlassen hatte und hinter die Bühne geeilt war?

»Und hier ist sie wieder ...«, dröhnte Mr Harpers Stimme durch die riesigen Lautsprecher zu beiden Seiten der Strandtribüne, »... Kayleigh mit ihrer wunderbaren Wiedergabe von Bay ... Bayon ... *Beeyonks* berühmtem Hit ›Crazy in Love‹!«

Okay, mit der gängigen Popmusik schien Mr Harper nicht viel am Hut zu haben, doch das störte nicht groß, da praktisch jeder im Publikum – vielleicht mit Ausnahme der Bonbonlady, die ich gerade drüben beim Eiswagen entdeckt hatte – wusste, dass die fragliche Sängerin in der ganzen westlichen Hemisphäre und vermutlich noch darüber hinaus als Beyoncé bekannt war.

Und seien wir ehrlich; ob Mr Harper die Sängerin nun als Beyoncé, Beeyonk oder Bouncy bezeichnet hätte – die Aufmerksamkeit meiner Wenigkeit und aller anderen Zuschauer war ohnehin nur auf das Mädchen gerichtet, das im Moment mit hocherhobenem Kopf auf die Bühne stolzierte.

»Kann sie zur Abwechslung nicht mal was anderes anziehen als dauernd diese Mikro-Shorts und den Union-Jack-BH?«, wunderte ich mich laut, als Kayleigh (die sich hinter der Bühne offenbar blitzschnell umgezogen hatte) sich vorbeugte und auf einen Knopf ihres mitgebrachten CD-Players drückte.

Megan, Rachel und mir fiel vor Entsetzen die Kinnlade herunter, als Kayleigh bei den ersten Takten selbstsicher und falsch singend zu ihrem Zitter-Wackel-Tanz ansetzte.

»Hupps, mein Handy«, murmelte Megan plötzlich und griff in ihre Beuteltasche.

Okay, nun wusste ich echt nicht mehr, worauf ich mich konzentrieren sollte, auf Kayleigh, die wie eine dumme Gans (mit Glitzer-BH) auf der Bühne stand – oder auf Megan, die plötzlich aschfahl wurde, als sie ihr Handy ans Ohr gepresst hielt.

Ich stieß Rachel, deren Augen wie gebannt an Kayleigh hingen, in die Rippen, um sie auf das aufmerksam zu machen, was *ich* gerade sah.

»Was willst du damit SAGEN, dass wir in der Tinte sitzen?!«, stammelte sie und hielt sich mit dem Zeigefinger ihrer freien Hand das andere Ohr zu, um Kayleighs Trällern auszublenden.

Rachel blickte mich fragend an, aber ich konnte nur ratlos mit den Schultern zucken. Keine Ahnung, warum Megan plötzlich so entsetzt war.

»Sie fanden eine halb volle Flasche mit *was* in unserer Strandtasche?!«, keuchte Megan. »Hä? Aber … Hör mal, Naomi, wie zum Kuckuck konntest du sie *da* drin vergessen? Du WEISST genau, dass Mum die Strandlaken herausholen würde, um sie zu waschen! Hä? Du hast WAS?! Naomi! BITTE sag sofort, dass das nicht stimmt! Das hast du NICHT gesagt! Denn wenn du das gesagt hast, dann … Naomi! Was? *Nein!* Leg nicht auf! Ich muss wissen … oh.«

»WAS IST?«, fragten Rachel und ich besorgt wie aus einem Munde und vermutlich auch in Großbuchstaben, was sonst eigentlich nur Megans Art ist.

»Meine Mum hat eine angetrunkene Flasche Apfelwein in der Strandtasche gefunden, die Naomi und ich immer bei uns haben …«, murmelte Megan mit betäubter Stimme.

»Oh, oh! Und?«, bohrte Rachel weiter, denn das hatten wir ja bereits mitbekommen.

»Als unsere Eltern Naomi ins Gebet nahmen, hat sie ihnen erzählt, es sei MEINE! Es sei die Flasche, die ich mit meiner Clique gestern getrunken hätte!«

Als Megan vorhin Sam und Konsorten als Feiglinge bezeichnet hatte, sah sie aus, als wäre alles Blut in ihrem Körper in ihren Kopf geströmt. *Jetzt* aber war sie so leichenblass, als hätte sie keinen Tropfen Blut mehr im Leib.

»Hä … du meinst *wir*? Ich meine … deine Eltern glauben jetzt, *wir* hätten Alkohol getrunken oder was?«, stammelte ich ungläubig.

»Ja«, antwortete Megan düster. »Und dann hat Naomi eben noch gesagt, dass Mum und Dad am AUSFLIPPEN sind und befohlen haben, wir müssten beide auf der Stelle nach Hause kommen … Aber weil sie selbst noch irgendetwas Wichtiges vorhat, konnte sie sie noch ein Weilchen vertrösten. Und ich soll jetzt auf eine SMS warten, in der sie mir sagt, wo wir uns nachher treffen!«

Ich war sprachlos. Rachel riss vor Empörung ihre mandelförmigen Augen auf. Bob legte bestürzt die Ohren an (das könnte aber auch an dem hohen Misston gelegen haben, den Kayleigh gerade von sich gegeben hatte).

»O mein Gott«, flüsterte Megan vor sich hin, »meine Mutter wird mich *umbringen*!«

»Naomi doch wohl auch, oder?«, fragte ich stirnrunzelnd. Schließlich war Naomi die Ältere von beiden. Wäre es da nicht logischer, dass ihre Mutter sich Naomi vorknöpfen würde, weil diese nicht dafür gesorgt hatte, dass Megan auf dem Pfad der Tugend blieb? (Dabei hatte die arme Megan die ganzen Ferien über nichts anderes getan, als gelangweilt auf dem Pfad der Tugend zu wandeln, nur um ihrer großen Schwester ein Alibi nach dem anderen zu verschaffen.)

»Nein, wisst ihr, Naomi ist meine Stiefschwester, und Mum schimpft eigentlich nie mit ihr. Sie findet, das ist die Aufgabe meines Dads – ich meine natürlich Stiefvaters. Schließlich ist Naomi *seine* Tochter.«

Wow … die Tatsache, dass Megan so viel Rücksicht auf ihre coole, ältere Stiefschwester nahm, war plötzlich sehr viel verständlicher. Um es sich mit ihr nicht zu verderben, handelte sie sich selbst – und uns – lieber Ärger ein. Aber trotzdem – begriff Megan denn nicht, dass Naomi das schwesterliche (stiefschwesterliche?) Entgegenkommen um *einiges* zu weit trieb? Um Lichtmeilen zu weit …

»Ja, aber …«, begann Megan und suchte verzweifelt nach einer Entschuldigung für Naomis mieses Verhalten.

Ich glaube, irgendwelche lahmen Entschuldigungen für Naomi hätten weder Rachel noch mich überzeugt, und außerdem wurden wir in diesem Moment von einem Geräusch abgelenkt, das äußerst überraschend kam.

»Ffffffffftttttttttttttt!«

Es klang wie ein sehr lauter Furz, hatte aber ausnahmsweise mal nichts mit Bob zu tun.

Und es war genau genommen auch kein Furz – eher ein verächtliches Schnauben aus den frechen Mäulern von Sams Bande, genau in dem Augenblick, als Kayleigh mitten in einer ihrer Hinternwackelbewegungen war, die inzwischen zu so etwas wie ihrem Kennzeichen geworden waren.

Das Timing hätte nicht besser sein können, denn es sah wirklich so aus, als wäre dieses peinliche Geräusch Kayleigh entschlüpft.

Und noch ehe sie mitbekommen hätte, wer die Schuldigen waren, ertönte plötzlich ein lautes »Pfuuuuui! Iiiiih! Wer war denn das? Hilfe!«

Und prompt brachen Sam und seine Kumpane (logisch, wer *sonst*?) in ein so lautes Wiehern aus, dass sogar die Zuschauer, die sie bislang ignoriert hatten, sie empört anfunkelten.

Kayleigh brach in Tränen aus und verließ fluchtartig die Bühne.

»Wow … was für ein Abgang!«, sagte Megan sichtlich beeindruckt.

»Das war nicht sehr nett«, murmelte Rachel und ein Hauch von Mitleid schwang in ihrer Stimme mit. »Trotzdem fällt mir niemand ein, der es mehr verdient hätte!«

»Kayleigh war es nicht klar, nicht wahr?«, sagte ich, in erster Linie zu Rachel, weil ich an ihre bis kürzlich noch intakte Beziehung zu Kayleigh und Sam und Konsorten denken musste.

»Was?«

»Sie kam nie auf die Idee, dass Typen wie Sam grundsätzlich und immer fies sind und niemand vor ihnen sicher ist, auch nicht ihre so genannten engsten Freunde!«

Noch während ich dies sagte, ging mir ein Licht auf: Mädchen wie Naomi sind grundsätzlich rücksichtslos und niemand ist vor ihnen sicher, auch nicht ihre so genannten engsten Stiefschwestern.

»Huuuuu?«, winselte Bob, der so plötzlich aus seinem Schlummer geschreckt war, als wäre jemand mitten in seine Träume geplatzt und hätte ihn wachgerüttelt.

Sein pelziger Kopf drehte sich von links nach rechts und sein verschlafenes braunes Auge blieb dann an etwas auf der Strandpromenade hängen. Es war Peaches, der sich kurz zu einem eleganten Bogen streckte, ehe er gemächlich davonstolzierte.

»Was ist? Was ist los?«, fragte Rachel, die meinen überraschten Blick bemerkt hatte, aber nicht wusste, was mich so faszinierte, weil Peaches inzwischen in der Menschenmenge untergetaucht war.

Was hatte mein dicker, sonderbarer Kater vor? Und warum hatte Bob so reagiert, als wenn er eine von Peaches' verrückten telepathischen Wellen empfangen hätte?

»Und die Siegerin des Finales heißt ... Electra O'Connell! Gut gemacht, Electra!«, riss mich Mr Harpers Donnerstimme plötzlich aus meinen Grübeleien.

Ellie! Ellie und ihr Überschallgeschwindigkeits-Song hatten gewonnen!

»Und vergesst nicht, meine sehr verehrten Damen und Herren, liebe Jungen und Mädchen«, fuhr Mr Harper noch lauter fort, um den donnernden Applaus zu übertönen, »dass nach einer kurzen Pause hier auf der Bühne die Wahl der Festivalprinzessin stattfinden wird. Bleiben Sie also am besten in der Nähe!«

Wer interessierte sich schon für die Festivalprinzessin? Mit *unserer* Blödel-Modenschau von gestern Abend konnte diese Veranstaltung sowieso nicht mithalten!

Und außerdem gab es eine kleine, überglückliche, Stepp tanzende Siegerin, mit der wir unbedingt feiern mussten …

15. Kapitel

Hüpf, spring, ziiisch …

In Japan gibt es eine Sportart namens Sumoringen. Dabei gehen zwei dicke, fette Fleischklopse aufeinander los, und wer zuerst umfällt, hat verloren.

Ach ja, und außerdem sind sie nackt. So gut wie. (Der winzig kleine Lendenschurz zählt ja wohl nicht, oder?)

Ein kleines Stück Japan war nach Portbay gekommen und hatte sich gleich neben der Hüpfburg angesiedelt. Dort war ein Ring für Sumoringer aufgebaut worden, und für wenig Geld konnte man sich dort ein Kostüm ausleihen, zum Sumo-Champion werden und so lange mit seinem Bauch auf den Gegner losgehen, bis einer von beiden am Boden lag.

»Auf!«, rief einer der voluminösen Sumoringer, die sich im Moment im Ring befanden. »Greif schon an!«

»Ich kann nicht …«, murmelte der andere Sumoringer und sah sichtlich verzweifelt aus.

»Los! Geh auf mich los! Danach fühlst du dich besser!«

Sumoringer Nummer eins (mit einem blauen Lendenschurz) war nicht sehr groß, aber sehr, sehr dick – fast kugelrund. Er stand mitten auf einer Gummiplane, auf die ein weißer Kreis aufgemalt war, der vermutlich den Ring darstellen sollte, grinste spitzbübisch und hatte beide Arme ausgestreckt.

Sumoringer Nummer zwei (mit dem roten Lendenschurz) war übrigens eine Sie. Sie war etwas größer als ihr Gegner, aber genauso dick und kugelrund. Ich glaube, sie wollte die Arme lässig hängen lassen, doch das ging nicht. Aufgrund ihrer Leibesfülle standen auch ihre Arme fast waagrecht vom Kugelleib ab.

»Ich kann nicht. Ich will dir nicht wehtun«, brummte die Sumoringerin verlegen.

»Du *kannst* mir nicht wehtun! Dafür sind diese Anzüge doch da!«, rief TJ (alias Sumoringer Nummer eins) und deutete vage auf den aufblasbaren, fleischfarbenen Fleischberganzug, den er trug. »Ich bin echt gut gepolstert, da kann nichts passieren!«

Seit Naomis Anruf lief Megan mit einem Gesicht herum wie drei Tage Regenwetter. Unter normalen Umständen war sie wie eines dieser ewig grinsenden Spielzeughündchen, die man aufzieht und die dann alle zwei Schritte einen Purzelbaum machen. Doch jetzt, als sie nervös auf Naomis versprochene SMS wartete, kam sie mir eher vor wie ein Teddy, den jemand im Regen liegen gelassen hatte und der nun pitschnass auf einem Gartenmäuerchen lag.

Als wir nach der Talentshow zu Ellie gestürzt waren, um ihr zu gratulieren, hatte Megan ein etwas schiefes Lächeln auf ihr Gesicht gezaubert und »Gut gemacht!« gesagt. Vielleicht war es aber ganz gut, dass Mrs O'Connell und Mr Harper Ellie danach entführten, um sie zur Feier des Tages zu einem Rieseneisbecher ins Strandcafé einzuladen. Sonst hätte Megans düstere Stimmung vielleicht auf Ellie abgefärbt und sie hätte am Schluss vor Mitleid in ihren Eisbecher geheult. Jedenfalls hatten sich TJ, Rachel und ich angestrengt überlegt, wie wir Megan ablenken könnten. Irgendwie musste sie die Zeit herumbringen, bis Naomi endlich geruhte, sich erneut zu melden und sie von ihren Qualen zu erlösen. Und da war TJ auf die Idee mit dem Sumoringen gekommen. Aber bis jetzt schien Sumoringerin Nummer zwei das Ganze ungefähr so viel Spaß zu machen wie ein Zahnarztbesuch mit Bohren …

»Ich glaube echt, ich kann das nicht, TJ!«, wimmerte Megan mit einer Kummermiene über dem aufgeblasenen Kugelleib.

»Komm schon – greif endlich an!«, brüllte TJ, der offenbar nicht so schnell aufgab. »Stell dir einfach vor, ich sei Naomi!«

A-ha! In Megans Augen blitzte plötzlich etwas auf, das verdächtig nach Wut aussah, wie sogar mir hinter dem Schutzgeländer auffiel.

»Oh – oh!«, murmelte Rachel. »Sie bläht die Nasenflügel!«

Ich nehme an, Megan gehört zu den Leuten, die nicht oft zornig werden. Frankies Mutter (Tante Esme) hat mal gesagt, dass Menschen, die sich ständig zusammenreißen und ihre Aggressionen unterdrücken, irgendwann explodieren. (»Wie ein Häschen mit einer Handgranate«, hatte Tante Esme mit einem weisen Nicken gesagt.)

Nun ja, Megan neigte eher zum Radschlagen als zu Hasenhüpfern, und in diesem Sumoringer-Anzug sah sie auch nicht unbedingt wie ein Häschen aus. Aber mit den geblähten Nasenflügeln und einem so grimmigen Gesichtsausdruck hatte ich sie tatsächlich noch nie gesehen, weshalb mir plötzlich doch etwas bange wurde …

»AAAAAAARGH!«

Ich glaube, TJ erging es ähnlich, doch ich konnte sein Gesicht nur ganz kurz sehen, ehe Megan ihren dicken, fetten, aufgeblasenen Plastikbauch mit einer solchen Wucht gegen seinen rammte, dass er im hohen Bogen durch die Luft segelte.

»O nein«, stöhnte ich mitleidig, als TJ mit Händen und Füßen um sich schlug.

Ich hatte alle Mühe, den empört winselnden Bob festzuhalten, der seinem malträtierten Herrchen unbedingt zu Hilfe eilen wollte.

»Ich glaube, von allein kommt er nie mehr auf die Beine«, sagte Rachel mitfühlend. »Ah, schau, Megan geht zu ihm und – *hupps*!«

Blitzschnell und mit einem spitzbübischen Grinsen hatte TJ Megans ausgestreckte Hand gepackt und sie zu sich auf den Boden gerissen. Nun lagen beide wie hilflos strampelnde Schildkröten da, die versehentlich auf dem Rücken gelandet waren. Wer weiß, vielleicht wären sie trotz des voluminösen Kostüms irgendwann wieder auf die Beine gekommen, aber vor lauter Lachen versuchten sie es ohnehin nicht ernsthaft.

»Sollen wir beide als Nächste in den Ring gehen?«, fragte ich Rachel grinsend. »Du kannst dir ja vorstellen, ich sei Kayleigh.«

»Nö, nicht nötig«, antwortete Rachel und schnitt eine Grimasse. »Ich muss mich an Kayleigh nicht mehr rächen. Es hat mir gereicht, ihr Gesicht zu sehen, als sie von Sam und Co ausgebuht wurde. Vielleicht kann sie jetzt nachvollziehen, wie es *mir* erging – wie es ist, von seiner Clique fallen gelassen zu werden, meine ich.«

Echt, auf einmal fragte ich mich, ob Peaches mich nicht aus zwei ganz bestimmten Gründen auf Megan aufmerksam gemacht hatte: 1) weil wir tatsächlich ziemlich gute Freundinnen geworden waren und 2) damit Rachel ihr Verhalten besserte. In den letzten Tagen hatte sich Rachel wirklich spitze (SPITZE!) benommen, wenn man von ihren gelegentlichen Anfällen von Arroganz und Rechthaberei mal absieht, die mir nach wie vor auf die Nerven gingen.

Zu schade, dass unsere Freundschaft mit Megan bald wieder zu Ende sein würde. Es war nicht sehr wahrscheinlich, dass wir sie oder ihre Eltern (oder ihre fiese Schwester) nach dem morgigen Tag jemals wiedersehen würden, aber ich glaube, es störte uns trotzdem, dass die Eltern von jemandem, den wir kannten, mit dieser schrecklichen Meinung über uns wegfahren würden – dass wir eine Gruppe minderjähriger Trunkenbolde waren, die ihre Tochter vom rechten Weg abgebracht hatten. Und obwohl Megan uns natürlich leidtat, weil sie mit seelischer Erpressung zu all diesen Lügengeschichten gezwungen worden war, wollte es uns nicht so recht in den Kopf, dass Megan nicht ihrer Schwester die Schuld aufhalste, sondern *wir* nun als Sündenböcke dastanden.

Aber andererseits mussten *wir* ja nicht Tag für Tag mit Naomi zusammenleben – und deshalb war es vielleicht doch die bequemste Lösung …

»Sag mal, warum ist es hier plötzlich so ruhig, was meinst du?«, fragte Rachel, als ihr auffiel, dass die Schlangen vor dem Sumoringer-Ring und der Hüpfburg verschwunden waren.

»Wahrscheinlich sind alle am Strand und schauen sich die Wahl der Was-weiß-ich-Prinzessin an«, rief der stämmige Typ vom Sumoring herüber, während er gleichzeitig TJ und Megan wieder auf die Beine zog. »Dann mache ich jetzt auch zu. Der Kollege von der Hüpfburg hat auch für eine Stunde zugemacht und wartet in der Kneipe, bis das Geschäft wieder anzieht.«

Hmmm … Nachher würde also ein angesäuselter Typ die Kinder in der Hüpfburg beaufsichtigen? Also ich weiß nicht … wenn er von dem Gehüpfe nur keine Kopfschmerzen bekam!

»Sollen wir uns die Wahl anschauen gehen?«, schlug Rachel vor und blickte in Richtung der Strandtribüne, von wo die einführenden Worte des Moderators, Musik und Applaus gedämpft bis zu uns herüberdrangen.

»Ja, warum nicht? Wir müssen Megan ja irgendwie beschäftigen«, sagte ich leise und warf einen kurzen Blick auf ihr Handy, das sie mir anvertraut hatte. Nein, es war weder eine SMS noch ein Anruf von der schwer beschäftigten Naomi eingetroffen …

Nachdem sich TJ und Megan aus ihren voluminösen Anzügen geschält hatten, schlenderten wir vier (mitsamt unserem pelzigen Schatten selbstverständlich) gemütlich in Richtung Strandtribüne, wo die Wahl der Festivalprinzessin sich vermutlich schon ihrem Ende zuneigte.

»Hey, von hier aus haben wir einen guten Blick«, sagte TJ und zeigte auf die hohen, hölzernen Wellenbrecher, die allerdings nicht mehr sehr neu aussahen.

Auf diese Idee waren offenbar schon mehr Leute gekommen. Auf dem langen Holzgestell entlang des Ufers saßen Dutzende von Menschen wie Hühner auf der Stange, da der Strand vor der Tribüne völlig überfüllt war. Doch wir entdeckten noch eine kleine Lücke, in die wir uns quetschen konnten und von der aus wir keinen allzu schlechten Blick auf das Geschehen auf der Bühne hatten.

»Hier nun unsere letzte Kandidatin des Tages. Ist sie nicht bezaubernd?«, rief ein schmieriger Glatzkopf, der mit dem Rücken zu uns stand und uns den Blick auf das »bezaubernde« Wesen versperrte, das soeben die Bühne betreten hatte. »Wie heißen Sie, junges Fräulein, und woher kommen Sie?«

»Ich heißen Svetlana und kommen aus Ukrrraine«, sagte eine weibliche Stimme mit auffälligem Akzent, deren Besitzerin wir allerdings nicht sehen konnten.

Svetlanas Worte entlockten einigen der Zuschauer auf den Brechern schallendes Gelächter. Ich merkte, dass Megan nicht so recht bei der Sache war, sie starrte auf ihr Handy, als wolle sie Naomi per Fernhypnose dazu bringen, sich endlich zu melden.

»Klingt faszinierend! Aber wie hat es Sie ausgerechnet hierher nach Portbay verschlagen, Svetlana?«

»Ich wollen errröffnen Piercingladen hier in Portbay!«

Ich hatte zwar noch nie eine Misswahl miterlebt, doch das klang nicht wie die Antwort einer Nullachtfünfzehn-Kandidatin.

Megan schien geistig wieder unter uns zu weilen, denn als sie den ungewöhnlichen Kommentar hörte, runzelte sie irritiert die Stirn.

Rachel dagegen beugte sich vor und schaute an den Brechern entlang, weil sie vermutlich sehen wollte, wer da – schon wieder – schallend lachte.

»Oh – ein Piercingsalon. Höchst … ungewöhnlich«, sagte der Moderator. »Das klingt recht interessant. Doch nun möchte ich Sie bitten, Svetlana, ein paar Mal auf der Bühne auf und ab zu schreiten! Zeigen Sie unserem Publikum, wie bezaubernd russische Frauen sind!«

»Gerrrne …«, schnurrte Svetlana ins Mikrophon.

Von weiter vorne auf den Brechern kamen aufmunternde Pfiffe und heiteres Gelächter.

»Hey«, hörte ich Rachel murmeln, die noch immer angestrengt auf die laute Schar weiter oben auf den Brechern starrte. »Das sind ja mein Bruder und seine Kumpels!«

»Und das ist … es ist *Naomi*!«, keuchte Megan, als »Svetlana« mit anmutigen Catwalk-Schritten nach vorn an den Bühnenrand stolzierte und ähnlich übertrieben den Gang eines Models nachzuahmen versuchte wie wir gestern Abend bei unserer Blödel-Modenschau.

»Auf, Naomi! Ja, Naomi! Weiter so, Naomi!«, bellten die grölenden Knaben und stürzten die anderen Zuschauer, die glaubten, eine »Svetlana« vor sich zu haben, in große Verwirrung. Ich beugte mich ebenfalls vor und sah – logisch! – Simon, der oben auf dem Brecher balancierte, während seine Clique Naomi anfeuerte. Mit Ausnahme dieser komischen Tilda, die mit unbewegtem Gesicht eine Möwe beobachtete, die im Tiefflug über ihren Köpfen kreiste.

»Sie ver-§$%& uns!«

Sie nimmt uns auf den Arm – hatte TJ sagen wollen, als er Naomi mit ihrem gekünstelten Gang über die Bühne stolzieren sah. Er hatte es allerdings eine Spur vulgärer ausgedrückt.

»Danke, Svetlana!«, rief der Moderator strahlend, als die Musik abrupt ausgeblendet (sprich: abgestellt) wurde. »Ich möchte Sie nun bitten, zu den anderen Bewerberinnen hinter die Bühne zu gehen und dort zu warten, bis unsere Jurymitglieder ihre Entscheidung getroffen haben!«

Danach wandte er sich ans Publikum und plapperte etwas von wegen fünf Minuten, bis es so weit sein würde, und dass wir derweil mit entspannender Musik unterhalten werden würden. Und sobald eine grässliche Ballade knisternd aus den Lautsprechern schallte, sprang Rachel auf und rannte auf ihren Bruder zu.

»*Das* ist es, was Naomi noch dringend erledigen musste?«, sagte Megan verblüfft. »Sie wollte nur noch ein Weilchen mit ihrem Lover und seinen Freunden herumalbern und ihren Spaß haben, während ich hier ein Magengeschwür kriege vor lauter Angst, was unsere Eltern sagen werden?!«

»Ich finde, du solltest euren Eltern endlich reinen Wein einschenken«, sagte TJ, der alle Mühe hatte, den plötzlich unruhig gewordenen Bob am Halsband festzuhalten. »Deine Schwester will doch nur ihren Spaß haben mit Si und

Co – aber so, wie sie sich benimmt, geht dieser Spaß allein auf *deine* Kosten!«

Während TJ seiner Empörung Luft machte, sah ich Rachel heftig mit ihrem Bruder diskutieren. Simon schien es mehr als peinlich zu sein, dass seine kleine Schwester ihn vor den Augen seiner obercoolen Freunde zur Schnecke machte. Deshalb drehte er sich irgendwann genervt um, marschierte davon und verschwand hinter der Tribüne. Rachel schaute ihm empört nach, seinen Freunden schien es die Sprache verschlagen zu haben.

»Ich weiß nicht, wie ich es erklären kann, aber … ich will es mir einfach nicht mit ihr verderben«, versuchte Megan sich zu rechtfertigen. »Ihre Freundschaft bedeutet mir sehr viel.«

»Klar«, meinte ich achselzuckend, »aber Freundinnen sollten füreinander da sein. Naomi hingegen denkt meiner Meinung nach nur an sich.«

Höflicher konnte ich meine wahre Überzeugung nicht ausdrücken, nämlich: »Naomi ist eine selbstsüchtige Ziege.« Megan hatte aber offenbar begriffen, denn sie blickte plötzlich drein, als würde sie jeden Moment losheulen. Mit der fröhlichen, unbeschwerten, verrückten Akrobatin, die mich in ihrem ungebremsten Elan am Montag am Strand umgeworfen hatte, schien sie nicht mehr viel gemein zu haben. All ihre Illusionen bezüglich der Beziehung zu ihrer (Stief-)Schwester waren wie Seifenblasen geplatzt, und

Megan schaute drein wie nach einer schmerzhaften Bauchlandung.

»Hör mal, Megan«, meinte TJ gerade achselzuckend, als Rachel wieder zu uns gestapft kam. »Du musst es deiner Mutter und … hey – Bob! Bob! Komm sofort zurück, Bob!?«

Aber Bob hörte nicht auf ihn. Wie ein geölter (haariger) Blitz flitzte er über den Sand und die Stufen zur Strandpromenade hinauf. Und noch ehe wir den Mund wieder zumachen konnten, war er wegen der Allwetterplane, die die Strandtribüne überspannte, wie vom Erdboden verschwunden.

»Wir müssen ihn kriegen!«, rief TJ hektisch, obwohl Megan, Rachel und ich bereits so schnell über den rutschigen, trockenen Sand torkelten, wie es nur ging.

Etliche Zeitlupen-Laufschritte später rannten wir keuchend die Steinstufen zur Strandpromenade hinauf und blickten ratlos in alle Richtungen. Bob war wie vom Erdboden verschwunden!

TJ, Megan und Rachel setzten sich wieder in Bewegung und rannten in Richtung des Busparkplatzes und der Hüpfburg, weil sie offenbar glaubten, dass es Bob dorthin zurückgezogen hatte.

Ich war mir jedoch nicht so sicher. Vielleicht hatte er auch die Straße überquert – der Verkehr war eher ruhig – und war in die Stadt gelaufen, nach *Hause*. Doch warum er das tun sollte, so treu ergeben wie er TJ gegenüber normalerweise war, hätte ich auch nicht sagen können …

»Ich glaube, es war eine Katze.«

»Wie bitte?« Ich drehte den Kopf und sah eine alte Frau auf einer Bank sitzen, die ihre rosafarbene Zuckerwatte mit einer auffällig großen Seemöwe teilte.

»Der große Hund deines Freundes – er war hinter einer Katze her, da bin ich mir ziemlich sicher«, sagte die Bonbonlady lächelnd und zeigte mit ihrem Zuckerwatteball in die Richtung, in die meine Freunde gelaufen waren. »Wenn du sie noch einholen willst, musst du dich beeilen!«

Ich stand einen Moment lang so reglos da wie ein menschliches Standbild und fragte mich a) ob ich allmählich leicht verrückt war, und das wäre *schlecht* gewesen, oder b) ob die Bonbonlady leicht verrückt war, und damit hätte ich leben können, oder c) ob Bob jetzt total verrückt geworden war und neuerdings am Strand Phantomkatzen jagte. Ich meine, vielleicht mal abgesehen von den Mittelmeerländern – hat man je davon gehört, dass Katzen am Strand ein Sonnenbad nehmen? Na ja, abgesehen von Peaches natürlich.

Peaches!

Während meine verhedderten Gehirnwindungen noch über diese Möglichkeit nachdachten, setzten sich meine Beine plötzlich wie von selbst in Bewegung und trugen mich hinter TJ, Megan und Rachel her. Weil meine Füße so laut auf den Asphalt donnerten und mein Herz so laut pochte, bekam ich nur am Rande mit, dass irgendwo in der Ferne der Moderator auf der Tribüne etwas ins Mikrophon brüllte.

»… bla … bla … bla … unsere Siegerin heißt … Svetlana!«

Dem lauten, anhaltenden Applaus nach zu schließen, war die Entscheidung für Svetlana/Naomi offenbar ganz im Sinne des Publikums ausgefallen.

»Ähm, wenn Svetlana jetzt bitte so nett wäre, sich noch einmal auf die Bühne zu begeben?«, hörte ich ihn nach ein paar Sekunden rufen. Wieder eine Pause.

»Hat jemand Svetlana gesehen?«, hörte ich ihn nach einer Weile erneut und leicht nervös rufen, während ich keuchend weiterrannte und froh war, als ich Rachel, Megan und TJ endlich sehen konnte.

Keine Ahnung, ob sie Bob zwischen den Attraktionen auf dem Busparkplatz verschwinden sahen. Jedenfalls blieben sie kurz stehen und blickten sich um, als auf einmal ein alter, silberner Kombi (mit Rostflecken) mit quietschenden Bremsen neben ihnen zum Stehen kam.

Zwei Personen sprangen heraus: ein grau melierter Mann und eine aschblonde Frau, die Megan sehr, sehr ähnlich sah. Drohend bauten sie sich vor Megan auf, und da ich inzwischen fast bei meinen Freunden angekommen war, konnte ich hören, wie sie Megan anmeckerten, was neuerdings in sie gefahren sei.

»Nichts«, hörte ich Megan antworten, kurz bevor ich bei dem Grüppchen ankam. »Ich habe nichts angestellt.«

Die Hüpfburg war im Moment noch geschlossen, ebenso wie der Sumoringer-Ring, doch aus den an den nahen Straßenlaternen befestigten Lautsprechern erklang weiterhin fröhliche Schlagermusik. Und über den Türmen der Hüpfburg kreiste träge und fast im Takt zur Schlagermelodie eine vertraut aussehende Seemöwe.

»Ach ja? Und was ist dann das hier bitte schön?«, fauchte Megans Mutter und zog eine Flasche Apfelwein aus ihrer Tasche. »Lüg mich nicht an, Megan! Naomi hat uns erzählt, was los war und was du und deine neuen Freunde getan habt. Ich glaube, dein Dad und ich müssen ein ernstes Wörtchen mit ihren Eltern reden, damit sie erfahren, was …«

»Da!«, rief ich und zeigte verblüfft auf die im Moment unbewachte Hüpfburg.

Tatsächlich – Bob kam gerade hinter der aufgeblasenen Plastikburg hervor und umkreiste sie so aufgeregt, als handelte es sich um ein Riesenschaf, das er bewachen musste.

»Megan! *Megan!!!*«, rief ihr Vater, dem offenbar gar nicht aufgefallen war, dass wir *alle* in eine bestimmte Richtung schauten. »Wir reden mit dir, Fräulein! Und du hörst gefälligst zu, wenn deine Mutter … oh!«

O ja: »Oh!«

Oh – weil direkt vor unseren Augen die Luft aus der Hüpfburg entwich, und zwar recht rasant.

Oh – weil auf einmal ein im Inneren sitzendes und heftig knutschendes Liebespärchen sichtbar wurde: »Svetlana« und Simon!

Oh – weil eine Plastikflasche mit Apfelwein von dem schwer beschäftigten Pärchen wegrollte.

»Oh …«, stammelte Mrs Samson, die offenbar nicht glauben konnte, was sie da sah.

Tja, das waren eine ganze Menge »Ohs«!

Doch als Megans Mutter und ihr Stiefvater so unerwartet und schonungslos mit der ganzen, nackten Wahrheit konfrontiert waren, was gab es da mehr zu sagen als ein überraschtes »Oh«?

»Ähm … ich glaube, wir sollten zum Wohnwagen fahren und die Sache unter uns klären«, sagte Megans Mum, ohne ihren Blick von dem knutschenden Liebespärchen abzuwenden, das die Welt um sich herum vergessen zu haben schien.

»Ganz recht, meine Liebe«, brummte Mr Samson und machte einen Schritt nach vorn, um seine älteste Tochter unsanft auf den Boden der Realität zurückzuholen.

Aber Bob war schneller. Beherzt war er auf das schlaffe Plastikteil gehüpft und tapste nun fröhlich hechelnd auf das knutschende Pärchen zu, was die beiden erschrocken auseinander fahren ließ. Der zweite Schock traf sie, als sie merkten, dass sie unerwartet Zuschauer hatten …

Nur Sekunden später, wie mir schien, winkte uns eine sichtlich mitgenommene Megan vom Rücksitz des eilig davonfahrenden Kombis zu.

»Sie wird sich aber hoffentlich noch *richtig* von uns verabschieden, oder?«, sagte TJ, als wir der inzwischen platten Hüpfburg, in der nur noch ein einsamer Si saß, den Rücken zudrehten. Si hatte den Kopf in den Händen vergraben, Rachel kniete neben ihm und redete auf ihn ein. (Doch aus der Art, mit der Si Rachels tröstenden Arm abschüttelte, schloss ich, dass er sie irgendwie dafür verantwortlich machte, dass Naomi quasi mit Gewalt fortgeschleppt worden war. Okay, das war zwar nicht fair von ihm, überraschte mich aber nicht. Und außerdem war ich mir fast sicher, dass er und Rachel sich bald wieder versöhnen würden und gemeinsam über den Berg von stinkenden alten Socken unter seinem Bett lachen konnten.)

»Ich *hoffe* es«, antwortete ich auf TJs Frage, obwohl ich es angesichts dieser Umstände ernsthaft bezweifelte.

»Hey, Stella, sag mal: Wie kann aus so einem Riesending plötzlich die Luft herausgehen?«

»Keine Ahnung«, murmelte ich und mein Blick schweifte von dem in der Ferne entschwindenden Kombi in Richtung der Landspitze, wo ein Mädchen – in einem Ballettröckchen und mit schwarzer Lederjacke – durch den Sand stapfte. Über ihr zog eine einsame, auffallend große Möwe elegante Achter.

Diese Tilda – hm, täuschte ich mich oder lag tatsächlich ein Hauch von Eifersucht und Rachsucht in der Luft?

Nö … dafür war sie eigentlich schon zu weit weg.

Oder doch nicht?

»Hey, du riechst wieder so komisch!« Fragend blinzelte TJ mich an.

»Wie – *komisch*?«, fragte ich.

»Na, so nach Pfirsichen mit Sahne oder so. Euer ganzes Haus riecht danach.«

Aha – der gute Peaches war also auch in der Nähe. Wahrscheinlich leckte er gerade genüsslich sein Fell und gönnte sich eine Ruhepause, nachdem er Bob (und uns) hierher gelockt hatte. So verrückt es klingt – ich hätte fast meinen Kopf verwettet, dass mein verrückter Kater das Ganze inszeniert hatte!

Für den Bruchteil einer Sekunde – wirklich nur eine Millisekunde, ich schwör's! – überlegte ich mir, ob ich TJ erzählen sollte, wie sonderbar mein Kater und etliche andere Gestalten in diesem Städtchen waren (einschließlich Tilda), doch dann hörte ich den Piepton einer eingegangenen SMS.

Morgen – 10 Uhr – Festumzug. Treffen vor dem Rathaus? Megan x

Ah, wie es aussah, war Megan wild entschlossen, sich ungeachtet aller familiärer Probleme doch *richtig* von uns zu verabschieden …

16. Kapitel

Festumzug mit Gehüpfe und Gejohle

Wow …

Wenn jemand behauptet hätte, dass die Einwohnerschaft von ganz Nord-London an diesem Morgen durch die Straßen von Portbay turnte, hätte ich ihm vermutlich geglaubt.

Nicht im *Traum* hätte ich jemals gedacht, dass die Straßen und Plätze dieser kleinen Stadt jemals so proppenvoll sein könnten. Angesichts des gnadenlosen Gedränges hier vor dem Rathaus war ich ganz froh, dass Mum und Dad beschlossen hatten, mit den Zwillingen unten am Strand zu warten, wo der Umzug am Schluss erst vorbeiziehen würde. Dort unten war das Gedränge hoffentlich etwas erträglicher.

»So geht es hier jedes Jahr zu!«, sagte Rachel und wurde unsanft nach hinten gestoßen, als sich ein paar Leute nach vorne drängten, um einen besseren Blick auf die festlich geschmückten Wagen werfen zu können.

»Deshalb hab ich Bob auch zu Hause gelassen«, erklärte TJ und verrenkte sich fast den Hals, weil sich ein paar begeisterte Männer mit kleinen Kindern auf den Schultern vor ihn gestellt hatten und ihm die Sicht versperrten.

»Megan kommt sicher nicht mehr, oder?«, sagte ich und schaute zum wiederholten Male auf die Rathausuhr, die inzwischen zwanzig nach zehn zeigte.

»Na ja, kein Wunder, wenn man bedenkt, wie sauer ihre Eltern gestern waren«, meinte TJ. »Würde mich nicht wundern, wenn sie gestern Abend noch nach Hause gefahren wären! Wahrscheinlich wacht Megan in diesem Moment in ihrem eigenen Bett auf und hat noch Ohrenschmerzen von der Strafpredigt, die Naomi sich auf dem Heimweg anhören musste!«

»Kann sein …«, sagte ich achselzuckend, ehe ich von einer Menschentraube zur Seite geschubst wurde. »Aber sie hätte mir ja zumindest eine kleine SMS schicken können.«

»Hey, schaut! Der Festwagen mit der Prinzessin! Und da ist Ellie!«, rief Rachel begeistert, als ein mit riesigen Pastellblumen geschmückter Wagen in die High Street einbog, besetzt mit lächelnden, winkenden Grazien.

Dass wir Ellie auf dem Wagen sehen würden, hatten wir gewusst. Sandra, die Inhaberin des Friseursalons »Style Company«, hatte sie beim Finale des Talentwettbewerbs erlebt und war so begeistert, dass sie sie gleich im Anschluss bat, als Blumenmädchen auf dem Wagen der Prinzessin mitzufahren. Ellie sollte am Fuß des (Pappe-)Throns der Prinzessin sitzen, mit einem Körbchen mit Blütenblättern auf dem Schoß, und diese in die Menge werfen. Das war natürlich genau nach Ellies Geschmack! So konnte sie sogar ihre Feenflügel, die Federboa und das Plastikdiadem ausführen.

»Aber warum sitzt Ellie *auf* dem Thron?«, fragte Rachel irritiert, als der Festwagen unvermittelt stehen blieb, weil die Wagen davor Mühe hatten, um die Kurve zur Strandpromenade zu kommen.

»Echt? Tut sie das?«, fragte TJ, stellte sich auf die Zehenspitzen und konnte *trotzdem* noch nichts sehen, der Arme.

»Moment mal – hinten auf dem Wagen steht April. Ich frage sie mal, was da los ist …«, rief Rachel und war auch schon verschwunden.

»Wer ist diese April noch mal?«, wandte ich mich an TJ, während Rachel sich nach vorne durchkämpfte und ein hübsches blondes Mädchen, das bestimmt schon achtzehn war, zu sich herunterwinkte.

»Eine der Schwestern von Amber aus dem Café. Alle drei Schwestern sind jedes Jahr auf dem Festwagen, weil ihre Mutter diesen ganzen Prinzessinnen-Rummel ja sponsert.«

»Ach ja, natürlich!«, sagte ich und nickte, weil mir wieder einfiel, was Mrs Riley neulich gesagt hatte. Und ich entdeckte auch eine andere hübsche Blondine, die April sehr ähnlich sah – Ashleigh, nicht wahr? Und dann war da auch noch eine eher unglücklich dreinschauende Amber, die auf der Rückseite des Festwagens kauerte und halbherzig mit einer Plastiktulpe winkte. Junge, Junge, man sah es ihr wirklich an, dass sie im Moment lieber in einem Bikini durch die Antarktis hüpfen würde, als da zu sein, wo sie war.

»Schnell!«, rief Rachel und winkte TJ und mich zu sich. »April sagt, wir können aufspringen, solange der Wagen noch steht. Kommt – dann sind wir aus diesem Gedränge heraus!«

Mir wurde etwas mulmig, als ich die zwei breiten Metallsprossen sah, an denen Rachel gerade beherzt hinaufkletterte.

»Ssssuper!!«, rief TJ lachend, drängte sich an mir vorbei und kletterte ruckzuck hinter Rachel hinauf.

»Und was ist mit Megan?«, rief ich zu ihm und Rachel hoch.

»Sie kommt nicht mehr, Stella«, sagte Rachel. »Schnell, komm hoch! Bevor der Wagen weiterfährt!«

Also gab ich mir einen Ruck, stellte beherzt einen Fuß auf die unterste Sprosse und wurde netterweise von Rachel und TJ an den Ellbogen gepackt und hinaufgehievt.

»So, und jetzt schnappt euch das hier und werft es unter die Leute!«, befahl Rachel und drückte jedem von uns eine Hand voll Konfetti in die Hand.

»Hey, Rach«, sagte TJ, während er brav tat, wie ihm befohlen worden war. Mit einer Hand warf er Konfetti, mit der anderen winkte er seiner kleinen Schwester zu, die stolz wie Oskar auf dem Thron saß. »Hat dir April verraten, wieso Ellie auf dem Prinzessinnenthron sitzen darf?«

»Ach so, ja. April hat gesagt, die Organisatoren hätten bis zur letzten Sekunde gehofft, ›Svetlana‹ würde heute Morgen noch auftauchen, obwohl sie sich gestern bei der geplanten Siegerehrung ja schon verdünnisiert hatte«, erklärte Rachel in aller Eile, während sie schwungvoll Konfetti unter die Zuschauer warf (hey, es geht eben nichts über jahrelanges Üben, stimmt's?). »Sie haben sogar die Zweitplatzierte gebeten, sich notfalls bereitzuhalten. Doch deren Mutter rief in letzter Sekunde an und sagte, ihre Tochter wäre keine zweite Wahl und würde ablehnen.«

»Und da haben sie Ellie zur Prinzessin ernannt?«, fragte ich verdutzt, und meine Befangenheit legte sich spontan, als ich sah, wie begeistert die Menge lachte und das Konfetti aufzufangen versuchte, das ich ihnen zuwarf.

»Ja, sozusagen«, antwortete Rachel, »weil … oh, hey, ist das nicht dein Handy, das klingelt, Stella?«

Komisch, ich hatte kein Klingeln gehört. Aber um ganz sicher zu sein, fischte ich mein Handy aus der Tasche.

»Hä? Es läutet nicht, Rach. Das hast du dir eingebildet.«

Irritiert stellte Rachel ihr Konfettiwerfen ein und starrte auf mein Handy – das haargenau in *diesem* Moment anfing zu bimmeln!

»Hm … hallo?«, sagte ich zögernd, während Rachel und ich uns noch verdutzt anstarrten.

»STELLA!«, brüllte mir eine Stimme ins Ohr. »STELLA, ICH bin's! Kannst du mich sehen? Hier, FANG AUF!«

»Megan?! Megan, wo bist du?«, rief ich und suchte hektisch die vielen Gesichter in der Menge ab, als plötzlich eine zusammengerollte Zeitung durch die Luft direkt auf mich zu gesegelt kam.

»Whoaa – ich hab sie!«, brüllte TJ, der das Wurfgeschoss gerade noch auffangen konnte, ehe es über meinen Kopf hinweggesaust wäre.

»Ich bin hier! HIIIIER!!! Kannst du mich sehen?«, brüllte Megans Stimme aus dem an mein Ohr gepressten Handy.

»Da!«, rief Rachel und zeigte auf unsere Freundin.

Und tatsächlich – da stand sie, vor der Pommesbude, und hüpfte auf der Stelle auf und ab, während sie mir wie wild zuwinkte.

Direkt hinter ihr erblickte ich die Bonbonlady, die erfreut mit den Fingern wackelte und etwas in der Hand hielt, das wie ein länglicher Stein aussah.

»Na also, Megan ist doch noch gekommen!«, sagte ich und drehte mich kurz zu TJ, um ganz sicherzugehen, dass er es auch mitbekommen hatte.

TJ hatte, genau wie Rachel und ich, die ehrenvolle Aufgabe des Konfettiwerfens für kurze Zeit unterbrochen, um Megan zuzuwinken.

Ich drehte den Kopf wieder in Megans Richtung. »Was

war los, Megan? Wir haben vorhin ewig auf dich gewartet«, brüllte ich ins Handy.

(Äh ... das war komisch: Die Bonbonlady – mitsamt ihrem länglichen Stein – war plötzlich verschwunden.)

»Der Verkehr ... einfach SCHRECKLICH! Dad musste fast am anderen Ende der Stadt parken!«, keuchte Megan, während sie unermüdlich auf und ab sprang und immer wieder aus der Menge auftauchte und dann wieder verschwand. »Ich kann leider nicht bleiben! Wir ... wir sind praktisch schon auf dem Heimweg!«

»Wie lief's?«, brüllte ich ins Handy, damit sie mich trotz des allgemeinen Lärmpegels verstehen konnte. »Waren deine Eltern gestern *sehr* sauer?«

»NEIN!« Ich sah Megan grinsen. »Auf MICH jedenfalls nicht. Ein bisschen auf Naomi, okay. Hör mal, ich muss los! Wirf einen Blick in die Zeitung ...!«

»Klar!«, versprach ich ihr, senkte kurz den Kopf und sah, dass TJ, der inzwischen Konfetti in den Haaren und auf den Wimpern hatte, schon fleißig am Blättern war.

»Und schick mir eine MAIL!«, hörte ich Megan noch rufen, als der Festwagen gerade um eine Kurve bog und ich sie aus den Augen verlor. »Und als Anhang bitte die Fotos von unserer Blödel-Modenschau, falls du ...«

»Megan? Kannst du mich hören? Ich kann dich nicht mehr sehen!«, rief ich hektisch, während ich mir fast die Augen ausschaute. »Falls du mich noch hören kannst – tschüs!!«

»Muss sie wirklich schon los? Warte, ich möchte ihr auch noch ›tschüs‹ sagen«, quengelte Rachel und wollte mir mein Handy vom Ohr reißen.

»Die Leitung ist futsch«, sagte ich und war überrascht, wie enttäuscht Rachels braune Rehaugen plötzlich dreinblickten.

Alle, die im Moment auf den Festwagen mit der Prinzessin schauten, müssen sich gedacht haben, dass TJ, Rachel und ich auf dem falschen Fuhrwerk gelandet waren. Niedergeschlagen wie wir aussahen, hätten wir vermutlich wesentlich besser auf den Festwagen des örtlichen Leichenbestatters gepasst (den es natürlich gar nicht gab).

»Schauen wir doch kurz in die Zeitung!«, schlug TJ vor, dem plötzlich wieder einfiel, was er in den Händen hielt. »Wo ist der Artikel über uns …? Hey, da ist er! Wow – fast eine ganze Seite!«

Tatsächlich, da war er! Ein großes Foto von mir (die das Medaillon hochhielt), Megan (die den Metalldetektor hielt), Ellie (die unseren Super-Bulldozer Bob knuddelte) und natürlich auch Rachel und TJ. Und nicht zu vergessen: der Star des Artikels – Josephs Haus!

»*Kinder graben lang verborgenes Geheimnis aus*«, las Rachel laut vor, während sie Mühe hatte, das Gleichgewicht zu halten, weil der Festwagen kurz stehen blieb, dann wieder anfuhr und auf die Strandpromenade zurollte.

»Sieht ganz so aus, als stünde alles drin, was du ihnen

erzählt hast, Stella!«, sagte TJ aufgeregt, ohne den Kopf von seiner Lektüre zu heben. »Und hört euch das an: Die Zeitung will eine Kampagne machen, um das Geld für die Rettung des Kronleuchters zusammenzubekommen, bevor die Villa abgerissen wird. Und sie haben die Organisatoren des Festivals überredet, ihnen eine größere Spende zu geben!«

»Machst du Witze?!«, keuchte ich, und ich glaube, mein Herzschlag setzte zwei oder drei Takte aus.

»Moment mal, da steht noch mehr«, fuhr TJ fort und hielt die Zeitung so, dass wir die fragliche Seite sehen konnten. »Seht euch das an … Sie haben das Gemälde im Museum abgedruckt – das, von dem du glaubst, dass es Joseph als Erwachsenen zeigt – und einen Appell an die Leser gerichtet. Wer etwas weiß, was das Geheimnis um seine Person lüften könnte, wird gebeten, es der Zeitung mitzuteilen!«

Wow …

Ich war so baff, dass ich das Gleichgewicht verlor und gegen eine Riesennarzisse plumpste, weil der Festwagen wieder einmal überraschend stehen blieb. Aber ich glaube, es hätte mir nicht einmal etwas ausgemacht, wenn ich in einem Feld voller Disteln oder Brennnesseln gelandet wäre!

Denn mir war plötzlich klar geworden, dass ich kleines, unbedeutendes Mädchen – die schüchterne Stella Stansfield – etwas *bewirkt* hatte! Ich hatte etwas in dieser Welt verändert!

Okay, es war nur ein kleiner, sandiger Winkel der Welt, aber trotzdem! Für mich war es Wow!

Und als ich meinen Eltern (denen man die Überraschung, mich hier oben auf dem Festwagen zu sehen, ins Gesicht geschrieben sah) und den Zwillingen zuwinkte, spürte ich – wow –, dass ich nirgendwo lieber war als an diesem sandigen Winkel der Welt, der direkt am Meer lag.

Aber *wow* – was für ein Jammer, dass das Portbay Jugendblasorchester ausgerechnet in diesem Moment zu einem weiteren schauderhaften Konzert ansetzen musste und mir diesen wunderbaren Augenblick des Triumphs verdorben hat!

Von: Frankie
An: Stella
Betreff: Vergissmeinnicht!

Hallo Stella!

Du hörst dich an, als hättest du entschieden zu viel Spaß in letzter Zeit. Das wäre an sich noch kein Problem, doch leider HAST DU DIESEN SPASS OHNE MICH!!!
War nur ein Witz (in gewisser Weise …). Ich meine, NATÜRLICH freut es mich, dass du so viele neue Freunde hast, wirklich! Aber wenn ich auch nur eine Sekunde glauben müsste, dass du mich und deine alten Freundinnen hier in Kentish Town vergessen hast, würde ich mich in den nächstbesten Zug nach Portbay setzen und mir dich vorknöpfen! Hey – gefällt mir, der Gedanke, dass wir uns alle in den Zug setzen und dich heimsuchen!!!! Kannst du dir vorstellen, wie wir alle in dem popeligen, altmodischen Strandcafé sitzen und bei der mürrischen Kellnerin, die dir bei meinem Besuch einen Teller Spaghetti über den Kopf geschüttet hat, Eisbecher bestellen?
Mal sehen, ob ich die Mädels zu diesem Ausflug überreden kann, oder ist das Ende der Sommerferien schon zu nah? (Entschuldige, dass ich das Ende der Ferien erwähnt habe. Das ist fast so verwerflich wie fluchen, nicht wahr?)
In der Zwischenzeit verdonnere ich dich dazu, mir in den

nächsten vier Stunden alle halbe Stunde eine SMS zu schicken – als Strafe dafür, dass du ohne mich so viel Spaß hast. Die erste SMS erwarte ich in maximal zehn Sekunden … ha!
Du fehlst mir ☹, aber du weißt ja: Freundinnen auf ewig ☺!
Frankie xxx

DRUCKERPRESSE ANHALTEN!! Hey, hab GERADE EBEN eine Mail von dir erhalten. WIE? Ihr habt die sauertöpfische Bedienung vom Strandcafé aufgebrezelt? Hoffentlich gaaaanz schrecklich, aus Rache für die Spaghetti in deinen Haaren! Schreib mir sofort zurück (oder besser noch schneller) und erzähl mir ALLES …

ENDE

Hier kommt Stella

Hi, ich heiße Stella. Und ich bin so ungefähr der schüchternste Mensch auf diesem Planeten, den ich kenne. In meinem Kopf bin ich natürlich obercool, ungemein schlagfertig, geistreich und bringe einen Gag nach dem anderen über die Lippen, sodass sich alle vor Lachen kugeln. Das heißt, wenn sie meine Gags hören könnten. Und jetzt bin ich auch noch mit meinen Eltern in ein verlassenes Nest ans Meer gezogen! Wie soll ich denn da neue Freunde finden?

Karen McCombie
Stella und so weiter
256 Seiten. Gebunden

Karen McCombie
Stella und der Junge vom Strand
224 Seiten. Gebunden

Fischer Schatzinsel

fi 555 072 / 2 / a

Die Bestsellerserie im Taschenbuch

Karen McCombie
Abbys wilde Welt
Band 80633

Karen McCombie
Abbys geheime Herzenswünsche
Band 80622

Abby ist zehn und lebt in einer total durchgedrehten Familie. Kaum zu glauben, dass sie so normal bleiben konnte! Aber die Liebe macht das Chaos vollkommen: Abbys bester Freund ist nicht mehr ansprechbar, sobald er ein weibliches Wesen sieht; Abby selbst ist total in ihren Schwarm Alfie verknallt, der sie keines Blickes würdigt; und dann verliebt sich auch noch Abbys Großmutter. Ganz schön turbulente Zeiten – aber Abby macht das schon!

Fischer Schatzinsel

fi 555 078 / 1 / a

fi 80750 / 1